DESTINY'S A WITCH - DEUTSCHE AUSGABE

WICKED GOOD MYSTERY SERIES

LUCY MAY

OHNE TITEL

»*Oft begegnet der Mensch seinem Schicksal auf dem Weg, den er einschlug, um ihm zu entgehen.*« -*Jean de la Fontaine*

KAPITEL EINS

MOIRA WICKED

Als ich mich durch die Menschenmenge auf dem Bürgersteig schlängelte, wäre ich fast gestolpert, als ich mich umdrehte, um die Tür zu Persnickety Potions & Gifts aufzustoßen. Zu meinem Ärger war der Laden voller Kunden – alle völlig hingerissen von diesem niedlichen kleinen Geschäft. Mit einem Augenrollen bahnte ich mir meinen Weg durch die Menge, bis ich die Theke erreichte. Die Person, die ich sehen wollte – meine Tante Lea –, stand neben der Theke und erzählte einer Kundin irgendeinen Unsinn.

Tante Lea sah schon immer gleich aus, solange ich mich erinnern konnte. Ihr silbriges Haar war zu einem elegant-unordentlichen Knoten auf ihrem Kopf gedreht und wurde von leuchtend roten Essstäbchen zusammengehalten. Sie trug einen fließenden roten Rock, der um ihre Knöchel wirbelte, dazu eine eng anliegende weiße Bluse und schwarze Stiefeletten mit niedrigen Absätzen. Baumelnde Silberrohrringe und zahlreiche silberne Armbänder vervollständigten ihren Look – den einer schönen, eleganten älteren Frau mit Hippie-Ausstrahlung.

»Also, Liebes, dieses Mittel wird deiner Haut definitiv helfen. Tupf es einfach hinter die Ohren und streue etwas davon in die Badewanne«, sagte Tante Lea und schüttelte die kleine Flasche, während ihre grünen Augen bei ihrem warmen Lächeln funkelten.

Die fragliche Kundin trug eine schlanke Jeans und Jodhpurstiefel mit einer maßgeschneiderten Bluse und einer schwarzen Lederjacke. Ihr riesiger Diamantring war ein eindeutiges Zeichen dafür, dass sie genug Geld zum Ausgeben hatte. Er war so groß, dass ich befürchtete, ihr Finger könnte unter dem Gewicht nach unten hängen.

Meine beste Vermutung war, dass diese freundliche Kundin für das Wochenende aus Massachusetts, Connecticut oder New York nach Maine gekommen war. Sie arbeitete wahrscheinlich in der Mode- oder Finanzbranche und verdiente Unmengen an Geld, oder besser noch, sie hatte jemanden geheiratet, der ein unethisches Investmentunternehmen leitete, und widmete ihre Zeit sozial angesehenen wohltätigen Zwecken in einem irgendwie fehlgeleiteten Versuch, ihr Karma wieder ins Lot zu bringen. Sie war vollkommen auf Tante Leas Geplauder fokussiert, das übrigens immer weiter und weiter ging.

Ich musste Tante Lea zugestehen, dass sie ein leichtes Opfer von einer Meile Entfernung erkennen und auch Pferdescheiße verkaufen könnte, wenn sie wollte. Innerhalb von Minuten hatte sie nicht nur den magischen Trank verkauft, sondern auch einige andere Artikel aus ihrer »Beauty & Healing«-Abteilung. Falls du dich fragst, was das war – es handelte sich um Lotionen, Cremes und dergleichen, alle mit magischen Heilkräften versehen. So gerne ich dir auch sagen würde, dass das alles Quatsch war, war es das nicht.

Aber ich schweife ab. In dem Moment, als Tante Lea ihrer Kundin eine herzliche Umarmung gab und ihr zum Abschied winkte, huschte ich hinter die Theke, schnappte sie am Ellbogen und wirbelte sie durch die Schwingtüren in den hinteren Lagerraum.

»Moira! Was machst du denn hier, Liebes?«, rief Tante Lea aus und umarmte mich warmherzig, wobei sie nach Rosmarin duftete.

Ich trat zurück und setzte meinen besten strengen Blick auf. Ich liebte Tante Lea. Ich liebte meine ganze Familie, aber manchmal machten sie mich wahnsinnig. »Du hast Brian einen Liebestrank verkauft, und versuch gar nicht erst, es abzustreiten.«

»Oh je, wie kannst du nur denken...?«, begann Tante Lea, aber ich hatte keine Geduld für ihre Ausflüchte.

»Fang gar nicht erst damit an. Ich hätte wissen müssen, dass du so einen Streich spielst, nachdem ich mich über seine Verlobte beschwert hatte. Zur Klarstellung: Ich habe mich nicht beschwert, weil ich eifersüchtig war, sondern weil sie ein Schmerz im Du-weißt-schon-wo im Büro ist.«

Tante Lea lächelte verschmitzt und gab ihren Versuch, Unwissenheit vorzutäuschen, völlig auf. »Genau. Ich wollte sie nur in ihre Schranken weisen. Du hast mir erzählt, was für ein Albtraum sie war, und dann hat er sie hier hereingebracht. Oh mein Wort«, sie hielt inne, um sich von dem vorgetäuschten Leid der Begegnung mit der Verlobten meines Chefs Luft zuzufächeln. »Sie war fürchterlich. Er wird mir eines Tages dankbar sein.«

Ich drehte mich weg, holte tief Luft und ließ sie langsam wieder aus, wobei ich bis zehn zählte. Als ich mich wieder umdrehte, betrachtete ich Tante Lea und wusste, dass sie es gut meinte, aber dass sie selten, wenn überhaupt, über die Konsequenzen ihres Handelns nachdachte. Die Auswirkungen davon waren umso größer, wenn man bedachte, dass sie eine Hexe war, übrigens eine sehr mächtige.

»Klar. Ich bin sicher, er wird dankbar sein, dass er sie nicht heiratet, aber du hast den Zauber gewirkt, und jetzt schwärmt er für mich. Für mich! Das ist ein Problem epischen Ausmaßes, ganz zu schweigen davon, dass ich mich *nicht* mit Brian Spencer einlassen will. Er ist mein Chef, und wir haben absolut nichts gemeinsam. Bitte bring das in Ordnung. Am besten gestern schon, wenn möglich.«

»Schätzchen, ich kann die Zeit nicht zurückdrehen«, sagte Tante Lea und zog ihre Augenbrauen hoch, als ob sie tatsächlich dachte, ich würde das andeuten.

»Oh mein Gott! Ich weiß, dass du das nicht kannst. Mach es einfach... mach es einfach rückgängig. Heb den Zauber auf oder so. Lass ihn sich in jemand anderen verlieben.«

So gerne ich es auch selbst in Ordnung bringen würde, wenn Tante Lea ihre Hand im Spiel hatte, bei welchem Zauber sie auch immer gewirkt hatte, hatte ich nicht genug Kraft, um dagegen anzukommen.

Vielleicht in ein paar Jahrzehnten würde ich so weit sein, aber sie spielte in ihrer eigenen Liga.

Tante Lea tippte mit dem Zeigefinger gegen ihre Wange, wobei ihr glänzend roter Fingernagel das Licht von oben einfing. Nach einem Moment eilte sie davon und huschte durch einen Perlenvorhang. Richtig, um dem Ganzen die Krone aufzusetzen, hatte Persnickety Potions & Gifts einen Perlenvorhang im hinteren Raum. Es wäre schwer gewesen, diesen Ort noch kitschiger zu gestalten.

KAPITEL ZWEI

Ich ließ meinen Blick umherschweifen und betrachtete den überfüllten Hinterraum von Tante Leas geliebtem Laden. Die Wände waren mit Regalen gesäumt, jeder Zentimeter Platz vollgestopft mit Flaschen voller Tränke, Cremes und mehr, zusammen mit teuren Kunstwerken und Schmuck. Der Laden war in meiner Familie, nun ja, seit ein paar hundert Jahren. Tante Lea war zufällig das Familienmitglied, das ihn derzeit führte, aber wir alle hatten zu verschiedenen Zeiten unsere Hände im Spiel. Ich atmete tief ein und genoss den Duft von Kräutern und Blumen, der den Raum durchdrang. Die Geräusche aus dem vorderen Teil des Ladens drangen bis hierher. Tante Lea hatte diesen Frühling zwei meiner jüngeren Cousins hier arbeiten lassen, etwas, das ich während der gesamten Highschool-Zeit getan hatte.

Meine Gedanken schweiften zurück zu gestern Nachmittag, als mein Chef, den ich übrigens hasste, mit Blumen in mein Büro gekommen war. Blumen! Er schien völlig vergessen zu haben, dass er mit Kristy Ross verlobt war, einer anderen Investment-Mitarbeiterin im Büro. Warum ich in der Investmentbranche arbeitete, nun, das war ein anderes Thema.

Jedenfalls war ich entsetzt. Ich hatte versucht, den besten Weg zu finden, meinen Job zu kündigen, ohne Brian zu verärgern und meine Chancen auf ein gutes Referenzschreiben von ihm zu ruinieren. Denn, naja, ich hasste meinen Job, und ich musste etwas ändern.

Das war keine Neuigkeit für meine Familie, denn meine Mutter lag mir ständig in den Ohren, nach Charm Cove zurückzuziehen. Konnte der Ort mit einem solchen Namen überhaupt noch niedlicher werden? *Schwer zu sagen, ohne es zu wissen*, hätten die Einheimischen hier geantwortet.

Jedenfalls hatte ich hier vor anderthalb Wochen angerufen, um meine verschiedenen Familienmitglieder darüber zu informieren, dass mein Chef und seine Verlobte für einen Besuch in die Stadt kommen würden. Das war an sich nichts Ungewöhnliches. Touristen aus dem gesamten Nordosten und der ganzen Welt strömten an die Küste Maines. Der Bundesstaat hatte zwei Mottos: *Maine, So wie das Leben sein sollte* und *Urlaubsland*. Es gab viele niedliche Küstenstädte in Maine, aber Charm Cove hatte seinen eigenen besonderen Platz, weil die Einheimischen hier die Touristen wie verrückt umsorgten.

Da war auch die Tatsache, dass die Stadt vor ein paar Jahrhunderten von zwei Hexenfamilien gegründet worden war. Zu sagen, dass die Einheimischen hier eine Art hatten, die Touristen zu bezaubern, war eine lächerliche Untertreibung. Meine Familie verdiente Unmengen an Geld mit ihnen.

Also wollte mein Chef zu Besuch kommen. Nichts Ungewöhnliches. Ich gab ihm gnädigerweise einige Vorschläge, wo er übernachten könnte, die besten Restaurants und Geschäfte, und wünschte ihm einen schönen Urlaub mit seiner mürrischen Verlobten. Da sie wusste, dass ich mit meinem Job unzufrieden war, vermute ich, dass Tante Lea einen Blick auf seine Verlobte geworfen und beschlossen hatte, ihre Kräfte für etwas Gutes einzusetzen. Sie behauptete, dass dies der einzige Grund war, warum sie jemals ihre Kräfte einsetzte. Pah.

In dem Moment, als Brian mit Blumen auftauchte, wusste ich, dass sie etwas getan hatte. Noch schlimmer, als ich in seinem Büro vorbeischaute, um einen Bericht abzugeben, entdeckte ich das unverwechselbare Etikett von Persnickety Potions & Gifts auf einer Flasche auf seinem Schreibtisch. Mein spießiger, snobistischer Investment-Banker-

Chef – der einen Stock so weit im Arsch hatte, dass ich nicht sicher war, ob er entfernt werden könnte – hatte eine Flasche mit irgendeinem New-Age-Mittel. In dem Moment, als ich das gesehen hatte, wusste ich, was los war. Tante Lea hatte einen Liebeszauber auf ihn gewirkt, der mich leider in sein Netz gezogen hatte. Gott steh mir bei.

Tante Lea kam eilig zurück, der Perlenvorhang klimperte leise, als sie hindurchhuschte. »Okay, hier sind wir. Ich habe den Zauber umgekehrt, aber du musst das in sein Büro stellen.«

Ich starrte sie an und schüttelte langsam den Kopf. »Du wirst das selbst in Ordnung bringen. Ich weiß, dass du das aus der Ferne regeln kannst, also wage es nicht, mich da mit reinzuziehen«, sagte ich in meinem entschiedensten Ton.

Tante Lea legte den Kopf zur Seite und verdrehte die Augen. »In Ordnung. Versprich mir, dass du nach Hause ziehst, und ich kümmere mich sofort darum«, sagte sie mit einem Fingerschnippen.

Dies war ein häufiger Streitpunkt mit jedem aus meiner Familie, seit ich vor ein paar Jahren aus Charm Cove weggezogen war. Es gab viele Dinge, die ich an meiner Heimatstadt liebte, aber ich brauchte etwas Zeit weg, und ich schätzte den Druck nicht, zurückzukehren. Ich wollte diese Entscheidung zu meinen eigenen Bedingungen treffen.

Wir starrten uns gegenseitig an, bis sie seufzte und eine Hand auf ihre Hüfte legte. »Ich wollte nicht, dass er sich in dich verliebt. Ich habe den Zauber nicht spezifisch gemacht, nur für die erste Frau, die er sah, nachdem er wirksam wurde. Ich schätze, das warst du.«

»Schätze schon«, sagte ich und konnte mein Lachen nicht zurückhalten. So verärgert ich auch über ihre Mätzchen sein mochte, es war alles so lächerlich.

Tante Lea blitzte ein schlaues Lächeln und winkte mich dann nach vorne. »Bleibst du übers Wochenende?«, fragte sie, als sie mich zum überfüllten Bürgersteig begleitete.

»Natürlich. Ich bin jetzt auf dem Weg zu Mamas Haus.«

Tante Lea umarmte mich noch einmal und verabschiedete mich mit einem Winken.

Ich machte insgesamt zehn Schritte, als ich meinen Namen hörte.

»Moira Wicked!«

Falls ich es zu erwähnen vergessen habe, die beiden Familien, die Charm Cove vor ein paar Jahrhunderten gegründet haben, waren die Wickeds und die Goods. Ich war eine Wicked. Der Mann, der meinen Namen rief? Liam Good.

KAPITEL DREI

In Charm Cove führten die Wickeds und die Goods seit Jahrhunderten eine Fehde. In den letzten hundert Jahren oder so war es viel höflicher zugegangen, da wir unsere Hexenkünste unter Verschluss halten mussten. Die jüngste Beliebtheit spiritueller Dinge hatte uns das Leben erheblich erleichtert, aber eigentlich hatte das nur dazu beigetragen, dass wir ahnungslose Touristen leichter um ihr Geld bringen konnten. Ich vermutete, der rettende Umstand war zumindest, dass die Dinge, die wir ihnen verkauften, auch funktionierten. Wie zum Beispiel Tante Leas Liebeszauber für meinen Chef.

In diesem Moment rief Liam Good meinen Namen, und ich versuchte herauszufinden, wo ich mich verstecken könnte. Mit einem Schlenker meines Handgelenks wirbelte ich Rauch in die Luft und verschwand darin, wobei ich mich in die nächste Toilette teleportierte. Verdammt. Kleines Problem: Ich landete in der Toilette im hinteren Teil von Persnickety Potions & Gifts.

Meine Kräfte waren ein bisschen eingerostet, weil ich versucht hatte, ein *normales* Leben zu führen. Lass mich dir sagen, es war schwer, normal zu sein, wenn dein Vorname *Schicksal* bedeutet, dein Nachname Wicked ist und du tatsächlich *wirklich* aus einer Familie stammst, die legendär für ihre Hexenkünste ist.

Mit einem Seufzer wandte ich mich von der vertrauten Badezimmertür ab und verschaffte mir einen Überblick. Ich strich ein paar verirrte Strähnen meines fast schwarzen Haares aus den Augen, wusch mir die Hände im Waschbecken und betrachtete mich. Grüne Augen und ziemlich blasse Haut starrten zurück. Meine Wangen waren gerötet, wahrscheinlich weil ich nervös wurde bei dem Gedanken, auf Liam zu treffen. Mit einem Spritzer Wasser im Gesicht kühlte ich mich ab. Ich nahm an, der Vorteil war, dass ich einfach hier rausspazieren konnte, ohne mir Sorgen machen zu müssen, wie ich hierher gekommen war. Also tat ich genau das.

Als Tante Lea bei meinem Erscheinen eine Augenbraue hochzog, hielt ich neben ihr hinter dem Tresen inne. »Liam Good hat mich gesehen. Keine Lust darauf, also... na ja, du weißt schon«, erklärte ich mit gedämpfter Stimme.

Tante Lea nickte weise. Ich musste nicht erklären, dass ich mich in die hintere Toilette hier teleportiert hatte. Keine Sorge. In Charm Cove war es völlig normal, Rauch zu erzeugen, den niemand sonst sehen konnte, es sei denn, sie waren zufällig eine Hexe.

Ich ging weiter aus dem Laden, in der Hoffnung, dass Liam den Wink verstanden hatte. Keine Chance. Er lehnte an dem Granitsäule an der Straßenecke, unglücklicherweise direkt neben meinem roten Kompaktwagen. Es juckte mich, wieder zu verschwinden, aber ich wusste, dass es mir nichts bringen würde.

Liam Good war mein Ex-Freund aus der Highschool und einem Teil des Studiums. Nach dem, was ich zuletzt gehört hatte, war er glücklich verheiratet, und ich hatte so getan, als ob es mir nichts ausmachte.

Liam Good war ein großer Teil des Grundes, warum ich aus Charm Cove weggezogen war und warum ich mir geschworen hatte, meine Kräfte nicht mehr zu nutzen. Eine einzige Begegnung mit ihm hatte genügt, und mein Entschluss, meine Kräfte nicht zu benutzen, war in Rauch aufgegangen. Seufz.

Ich brachte ein gezwungenes Lächeln zustande und bemühte mich sehr, nicht zu bemerken, dass er immer noch gutaussehend war. Pechschwarzes Haar, eisig blaue Augen und klassisch gutaussehend mit markanten Gesichtszügen und allem Drum und Dran. Gott steh mir bei. Das Leben war nicht fair.

»Hallo, Liam, wie geht's dir?«, fragte ich höflich.

Mit verschränkten Armen, dort wo er an dem Granitpfosten mit dem fröhlichen Straßenschild für die Charming Way lehnte, zog Liam eine Augenbraue hoch. »Dachte, du wärst mit diesem Zeug fertig«, sagte er zur Begrüßung.

Mist. Was soll's. Ich zuckte gleichgültig mit den Schultern und sagte: »Ich weiß nicht, was du gehört hast, aber ich bin eine Wicked. Ich kann nicht wirklich den Rücken kehren, wer ich bin.« Ich log vielleicht durch die Zähne, aber das ging ihn nichts an.

Sein Blick glitt über mich. Ich wollte in mein Auto springen und wegfahren, aber er blockierte zufällig die Tür. »Ich war eigentlich froh, dich zu sehen. Ich...«

Was auch immer Liam sagen wollte, wurde von einem Schrei unterbrochen. Unsere Köpfe drehten sich gleichzeitig in die Richtung des Schreis. Die Charming Way war Charm Coves Äquivalent zur Hauptstraße und lag mitten im Stadtzentrum. Wie viele Städte in Neuengland hatte Charm Cove einen klassischen Stadtpark. In Charm Cove bestand dieser aus einer großen grünen Rasenfläche, umgeben von einem komplizierten schmiedeeisernen Zaun mit Schieferwegen, die den Park kreuz und quer durchquerten, und Ansammlungen von Sträuchern und Blumen hier und da.

An einem Ende des Stadtparks stand ein riesiger alter Pferdetrog aus geschnitztem Marmor. Er war schön und uralt. Es versteht sich von selbst, dass er nicht mehr als tatsächlicher Pferdetrog genutzt wurde, obwohl ich vermutete, wenn jemand zu Pferd durch die Stadt ritt, wäre es durchaus in Ordnung, dort anzuhalten, damit das Pferd trinken konnte. Für alle praktischen Zwecke war es jetzt ein dekorativer Brunnen.

Ehe ich michs versah, schritt Liam schnell auf den Brunnen zu, und ich eilte hinter ihm her. Wir erreichten die Menschenansammlung dort. Liam bahnte sich mühelos einen Weg, weil er diese Art von Mann war. Es kam mir nie in den Sinn, mich zu fragen, warum ich ihm folgte. Als ich den Wassertrog erreichte, keuchte ich.

In der Mitte des Brunnens trieb eine Leiche. Ein Kribbeln lief meinen Rücken hinauf und sandte Schauer bis in meine Fingerspitzen.

KAPITEL VIER

Ich ließ meinen Blick über die zweckmäßige Umgebung der Polizeistation von Charm Cove schweifen und dachte, dass dies einer der wenigen Orte in Charm Cove war, der nicht besonders charmant wirkte. Die Wände waren weiß, der Boden war mit abwechselnd schwarzen und weißen Fliesen ausgelegt, und die einzigen Dekorationen waren an den Wänden befestigte Zertifikate und Lizenzen. Während ich auf einem harten Plastikstuhl im Warteraum saß, wünschte ich mir, überall zu sein, nur nicht hier mit Liam zu warten.

Nachdem wir die Leiche mit dem Gesicht nach unten im Brunnen auf der Grünfläche entdeckt hatten, wurden alle, die bei der morbiden Entdeckung anwesend waren, zusammengetrommelt und zur Polizeistation beordert. Inzwischen wusste ich noch nicht, was ich damit anfangen sollte, aber jede Zelle in meinem Körper schrie, dass hier etwas im Busch war. Vorerst würde ich höflich spielen, wenn auch nur, weil es mir helfen könnte, ein paar Hinweise zu sammeln. Der hiesige Polizeichef Daniel Levesque stürzte sich auf die Ermittlungen zur erschreckenden Entdeckung einer Leiche mitten in der Innenstadt. Daniel war stadtbekannt. Tatsächlich war er in der Schule nur ein paar Jahrgänge über mir gewesen. Sein Vater war vor ihm Polizeichef. Wenn es eine Sache gab, die in Charm Cove zuverlässig passierte, dann war es, dass die Leute in die Fußstapfen ihrer Eltern traten.

Ich nahm an, dass ich in dieser Hinsicht Glück hatte. Meine Mutter nannte mich Moira, weil ihr der Name gefiel. Ach ja, und er bedeutete *Schicksal* und *Bestimmung*. Fangt gar nicht erst damit an. Meine Familie war irischer und französischer Abstammung, also passte es auch in dieses Schema.

Charm Cove war wie viele neuenglische Städte in Geschichte getränkt. An der Oberfläche schien seine Geschichte recht harmlos. Aber das galt nur, wenn man nicht viel über die Gründer der Stadt wusste.

Mein Blick fiel auf eine Plakette an der Tür, die verkündete, dass die Polizeistation im Jahr 1702 erbaut worden war. Charm Cove war früher als North Salem bekannt, bevor es eingemeindet wurde. Während des Aufruhrs der Hexenprozesse von Salem entschieden die Bewohner, dass es klug wäre, die Verbindung zu Salem zu kappen, und gründeten die Stadt als Charm Cove. Die beiden Familien, die die Stadt gründeten – die Wickeds und die Goods – zogen nach einer Warnung einer Matriarchin von Salem hierher. Die puritanische Hysterie gab ihnen guten Grund, alle oberflächlichen Verbindungen zu Salem auszulöschen.

Nachrichten reisten auf dem Wind und trugen die Neuigkeiten über Hexenprozesse und andere unangenehme Dinge aus Salem zu uns. Im lieblichen Charm Cove gingen die Hexenfamilien in den Untergrund und machten die Stadt zu einem entzückenden kleinen Besuchsort. Wir hatten eine schöne, durchaus charmante, wenn man so will, Bucht, eingebettet in die felsige Küste von Maine. Fast jede Stadt entlang der Küste von Maines hatte eine Bucht, alle malerisch. Ich konnte nicht sagen, ob Charm Cove charmanter war als die anderen Städte, aber wir hatten einen Bombenjob gemacht, Touristen mit viel Geld aus den Städten für ihre Ferien anzulocken.

Während ich in Gedanken durch die Geschichte von Charm Cove mäanderte, holte mich Liams Stimme aus meiner Träumerei zurück.

»Was machst du eigentlich in der Stadt?«, fragte er.

Ich schaute zu ihm an meiner Seite und zwang mich, nicht auf seine Anwesenheit zu reagieren. Es war so lästig, dass ich während der

Highschool-Zeit törichterweise in ihn verliebt gewesen war. Solche Erinnerungen ließ man nicht leicht los.

»Nur zu Besuch«, war meine harmlose Antwort. Ich wollte auf keinen Fall die Wahrheit sagen. Was könnte ich sagen? Definitiv nicht, dass meine verrückte, neugierige Tante Lea einen Liebeszauber auf meinen Idiot von Chef gelegt hatte.

Obwohl Liam das amüsant gefunden hätte. Er würde es sicher nicht für verrückt halten. Tante Lea war mit seinem Onkel Jacob verheiratet.

Er nickte, seine Augen verengten sich, als jemand durch die Tür in den Warteraum der Polizeistation trat. Ich folgte seinem Blick und sah, wie Alvins Bruder, Calvin, durch die Tür kam. Calvin ließ seinen Blick schweifen und ging sofort zur Empfangsdame, um mit ihr zu sprechen.

»Da ist was im Busch«, sagte Liam leise.

»Was meinst du?«, entgegnete ich und hielt meine Stimme auch gedämpft.

Wir befanden uns im Wartebereich mit vier anderen Personen, die verstreut auf den Stühlen saßen, einige lasen Zeitschriften, andere scrollten durch ihre Handys.

Liam sah wieder zu mir herüber und hob eine Augenbraue. »Nun, mal sehen, Alvin ist tot im Brunnen und die halbe Stadt ist stinksauer auf ihn.«

»Wovon redest du?«

Diesmal zogen sich beide Augenbrauen hoch. »Du weißt das wohl nicht, weil du nicht oft hier bist. Er war im Planungsausschuss und er war derjenige, der den Vorschlag machte, das Geschäftsviertel umzuzonen, was die Steuern in die Höhe trieb. Viele Familien sind angepisst. Daniel scheint die gleiche Idee zu haben wie ich«, erklärte Liam.

Mein Bauch krampfte sich zusammen und die Räder in meinem Gehirn begannen sich zu drehen. Super, einfach super. Es war unmöglich, für einen Besuch nach Hause zu kommen, ohne dass etwas Verrücktes passierte. Obwohl eine Leiche mitten in der Stadt wahrscheinlich den Vogel abschoss. Ich war eher an die weniger tödliche Magie gewöhnt, Blumen zum Blühen zu bringen und Chaos mit albernen Dingen wie dem Brechen von Zaubersprüchen zu stiften. Tod war neu. Man konnte mit Sicherheit sagen, dass das vor ein oder zwei Jahrhunderten nicht der Fall war.

Welchen Gesichtsausdruck ich auch immer hatte, Liam hob fragend eine Augenbraue.

Ich schüttelte leicht den Kopf und hielt meine Stimme leise, als ich antwortete: »Nichts. Es ist nur, dass immer etwas passiert, wenn ich nach Hause komme. Obwohl Mord definitiv mehr ist, als ich normalerweise befürchte. Falls es das war, was passiert ist.«

»Vielleicht war es ein Unfall«, erwiderte er leise.

Ich steckte meine Hände unter meine Oberschenkel und nickte. »Hoffen wir's.«

Ehrlich gesagt hatte ich keine Ahnung, warum ich das hoffte. Wenn meine Vorahnung richtig war, war dies kein Unfall.

———

»Also, erzähl mir, was du gesehen hast«, sagte Daniel Levesque.

»Daniel, ich weiß wirklich nichts. Ich stand auf dem Bürgersteig gegenüber der Grünfläche, als ich jemanden schreien hörte. Ich bin Liam rübergefolgt, und da haben wir Alvin im Brunnen gesehen«, antwortete ich.

Daniel nickte, während er auf einige Notizen schaute, die er vor sich auf seinem Schreibtisch gemacht hatte. Sein Haar war so schwarz wie eh und je, ebenso wie seine tiefbraunen Augen. Eine Freundin von mir aus der Highschool, Zoe Baker, war damals total in ihn verknallt. Er war in der Oberstufe, als wir im ersten Jahr waren. Irgendwann während des Studiums kamen sie zusammen und waren jetzt verheiratet.

Ich hielt den Kontakt zu Zoe und schaute in der Regel bei ihr vorbei, wenn ich zu Besuch war. Sie war auch eine Hexe. Aber das war ein Thema für ein andermal.

Daniel lehnte sich in seinem Stuhl zurück und ließ die Schultern kreisen. »Hast du von jemandem aus deiner Familie etwas über Beschwerden wegen dieser Steueränderungen gehört?«

Ich unterdrückte einen Seufzer. Meine Familie war ziemlich dramatisch, aber das galt für fast jeden in Charm Cove. Das war ein Grund, warum ich weggezogen war, um eine Pause einzulegen. Nun, das und ein gebrochenes Herz, verursacht durch einen törichten und impulsiven Zauber, der schiefgegangen war.

Ich begegnete Daniels Blick und war erleichtert, mit völliger Ehrlichkeit antworten zu können. »Daniel, ich bin nicht oft hier. Wenn jemand aus meiner Familie sauer wegen der Steueränderungen ist, war ich nicht oft genug hier, um davon zu hören. Ich würde es dir sagen, wenn ich es wüsste.«

Daniel nickte langsam und seufzte dann schwer, lehnte sich nach vorne und stützte die Ellbogen auf seinen Schreibtisch. »Du hast keine Ahnung, wie viele Leute wütend auf Alvin Pearson sind, oder ich sollte wohl sagen, waren«, bot er an. »Ich hoffe, wir werden herausfinden, dass es nur ein Unfall war, aber wer weiß?«

Er hielt inne, um einen Schluck von seinem Kaffee zu nehmen. Nachdem er ihn abgestellt hatte, musterte er mich. »Zoe würde es lieben, wenn du nach Charm Cove zurückkommen würdest.«

»Ich denke manchmal darüber nach, aber ich weiß nicht, wann das sein wird«, war alles, was ich herausbringen konnte. Es war unmöglich, auch nur kurz nach Hause zu kommen, ohne dass jemand einen Kommentar in diese Richtung abgab. Ich hatte immer geplant, irgendwann zurückzukehren, aber es wäre schön gewesen, das selbst herauszufinden.

Daniel wusste wahrscheinlich mehr als die meisten darüber, warum ich Charm Cove verlassen hatte. Wenn auch nur, weil Zoe alle Details kannte.

»Liam ist jetzt geschieden, weißt du«, fügte Daniel hinzu.

Das wusste ich ganz bestimmt *nicht*. Das war ein wichtiges Detail, das ich irgendwie verpasst hatte. Ich konnte es eigentlich kaum glauben. Ich war nur ein paar Jahre weg von Charm Cove. Anfangs hatten Tante Lea und meine wohlmeinende Mutter, zusammen mit der Hälfte meiner Familie, es für nötig befunden, mich ständig über alles, was Liam betraf, auf dem Laufenden zu halten. Weißt du, es war nicht nur so, dass ich in der Highschool Hals über Kopf törichterweise in ihn verknallt war. Wir haben bis ins College miteinander ausgeht. Noch schlimmer war, dass aus Gründen, die ich verstand, die mich aber verrückt machten, alle in meiner Familie und seiner absolut, positiv überzeugt waren, dass wir füreinander bestimmt waren.

Lustige, aber verrückte Tatsache: Während die Wickeds und die Goods in den letzten Jahrhunderten auf verschiedene Arten, große wie kleine, in Konflikte geraten waren, gab es eine romantische Randnotiz. In jeder Generation heirateten ein Wicked und ein Good. Wenn die Legende stimmte, verhinderten diese Ehen, dass unsere Familien einander an die Gurgel gingen. Eine gute Sache, denn es gab die üblichen Familienfehden und dann gab es das, was passierte, wenn die beiden betreffenden Familien alle möglichen magischen Kräfte zur Verfügung hatten.

Ich könnte mir diesen Wahnsinn nicht ausdenken. Obwohl ich *ständig* in dieser Weise über meine Familie kommentierte, dachten die meisten Leute, es sei der übliche Witz über eine leicht seltsame, aber größtenteils normale Familie. Sie hatten *keine* Ahnung. Teil meiner Familie zu sein und im Netz von Dingen gefangen zu sein, die die meisten Menschen für nichts anderes hielten als etwas direkt aus einem Märchen, nun, es war alles ein bisschen viel.

Deshalb bin ich weggezogen – um Luft zu holen, um zu sehen, ob ich ein *normales* Leben führen könnte. So viel dazu, aber das wusste ich schon eine Weile. Ich war zu dem Schluss gekommen, dass ich und normal einfach nicht zusammenpassen sollten. Nicht wenn meine Finger juckten, Zauber zu wirken, nicht wenn ich im Winter dicke Handschuhe tragen musste, um nicht Feuer in der Luft zu drehen, um mich zu wärmen, wenn ich draußen war, nicht wenn dieses verräterische Kribbeln meinen Rücken hinaufrollte und sich wie flüssige Magie in meinen Adern bis zu meinen Fingern ausbreitete.

Ich starrte Daniel an, versuchte, cool zu bleiben, und zuckte einfach mit den Schultern. »Ich halte mich nicht auf dem Laufenden, was den Klatsch hier angeht.«

»Nun, vielleicht solltest du das«, erwiderte er.

Ach du lieber Himmel. Um Himmels willen. Warum dachten alle, dass Liam und ich füreinander bestimmt waren? Auf der Skala des Verrückten wusste man, dass es schlimm war, wenn sogar der Polizeichef irgendwie in dieser verrückten Idee vom Schicksal gefangen war.

KAPITEL FÜNF

Eine volle Woche später starrte ich auf die einzelne Kiste mit den Sachen, die ich mitnehmen würde, während ich meinen Job in New York verließ. Tante Lea hatte ihr Wort gehalten und den albernen Liebeszauber rückgängig gemacht, den sie auf meinen Chef gelegt hatte. Nun, lass mich das klarstellen. Sie hat ihn vorübergehend aufgehoben, sodass er nicht mehr um mich herumscharwenzelte. Aber sie hat ihn fast sofort neu gewirkt, und jetzt schwärmte er für die Empfangsdame des Büros. Gott steh uns bei.

Unsere Empfangsdame Janet war steif und förmlich. Im Moment war Janets Schreibtisch mit Blumen übersät. Sie schien von Brians Aufmerksamkeiten vollkommen verwirrt. So sehr ich mich auch ein bisschen schlecht für sie fühlte, war ich unendlich erleichtert, dass er mich nicht mehr mit verliebten Augen anstarrte.

Dennoch änderte das nichts an der Tatsache, dass Kristy, die inzwischen Ex-Verlobte meines Chefs, mich bis aufs Blut hasste. Wir kamen nicht miteinander aus, seit wir angefangen hatten, zusammenzuarbeiten. Sie hatte die Gelegenheit genutzt, als er darauf fixiert war, in mich verliebt zu sein, um die Räder in Bewegung zu setzen, die zu meiner Entscheidung zu kündigen führten. Das war nicht das erste Mal, dass sie sich bei der Personalabteilung über die Zusammenarbeit mit mir beschwert hatte. Die Personalabteilung hatte mich zu einem Gespräch über ein Mediationstreffen eingeladen. Obwohl ich den Eindruck hatte, dass sie Kristy durchschauten, mussten sie offensichtlich den Vorgang durchlaufen.

Ich nahm das alles als Zeichen. Ich war nicht glücklich bei meiner Arbeit und ich war nicht glücklich weg von Charm Cove. Zu versuchen, *normal* zu sein, war, als würde man versuchen, einen Hund in eine Katze zu verwandeln. Keine Chance. Nicht bei mir. Ich traf noch keine endgültige Entscheidung, nach Hause zu ziehen, aber ich beschloss, es zu testen.

Mit meiner Kiste in den Armen verließ ich das Büro. Seit ich letzte Woche meinen Zauber gewirkt hatte, als ich versuchte, mich vor Liam zu verstecken, juckten meine Finger schlimmer als sonst. Wenn du eine Hexe bist, heißt das nicht, dass du ständig Zauber wirkst. Aber ich würde lügen, wenn ich nicht zugeben würde, dass es manchmal praktisch und auch ein bisschen spaßig ist. Auf dem Weg zur Tür hinaus sprach ich einen Liebeszauber auf Kristy, einen ganz speziellen.

Sie war eine Snobistin höchster Ordnung, und das nervte mich. Also ließ ich sie sich in einen der Hausmeister des Gebäudes, Ed, verlieben. Ed war ein totaler Schatz und nett, wie man nur sein kann. Mir gefiel die Vorstellung, dass sie sich in jemanden verliebte, der unter ihrem Stand war. Nicht, dass ich das so sah, aber sie tat es. Ich dachte, sie würden etwas Spaß haben, bevor es nachlassen würde.

Nachdem ich die Flasche mit dem Liebestrank vom Schreibtisch von Brian gestohlen hatte, war mit einem Schwenk meines Handgelenks der Zauber gesetzt. Das war meine letzte Handlung auf dem Weg aus dem Büro. In weniger als einer Woche seit meiner letzten Heimreise war ich wieder auf der Autobahn unterwegs von New York City nach Maine.

Ehrlich gesagt, die ganze Zeit, in der ich versucht hatte, mich in die Welt außerhalb von Charm Cove einzufügen, fühlte ich mich fehl am Platz. Es war nicht leicht, irgendwo reinzupassen, wenn du meine Geschichte hattest. Ich redete mir immer ein, dass ich mich schließlich einleben und daran gewöhnen würde. Doch es war einfach nicht passiert. Zu versuchen, sich normal zu fühlen, war schwer, wenn du wusstest, dass du es nicht warst. Zwischen dem Zusammentreffen mit

Liam, dem verrückten Vermissen meiner Familie und dann dem Vorge-schmack auf Magie, gab ich endlich dem Drang nach, nach Hause zurückzukehren. Charm Cove war ein Magnet, von dem ich mich nicht abwenden konnte.

Jedes Mal, wenn mein verräterisches Herz versuchte, mich daran zu erinnern, dass mein Schicksal bei Liam und Charm Cove lag, strich ich seinen Namen in Gedanken durch. Vielleicht war er jetzt geschieden, aber das änderte nichts an unserer Geschichte.

KAPITEL SECHS

Als ich das Kutschenhaus betrat, das meine Mutter ganze drei Jahre lang für meine Rückkehr freigehalten hatte, schrie ich auf, als ein Fellknäuel von oben herabfiel.

Ich strich mir die Haare aus den Augen und sah eine weiße Katze, die über den Boden huschte. Die Katze drehte sich um, setzte sich auf die Hinterpfoten und starrte mich mit einem vorwurfsvollen Blick an. Eindeutig war ich hier der Eindringling.

»Wer bist du denn?«, fragte ich, als ob die Katze mir antworten könnte. Besagte Katze antwortete, indem sie mit dem Schwanz zuckte und sich umdrehte.

»Das ist Ghost«, verkündete meine Mutter.

Ich musste sie nicht sehen, um zu wissen, dass sie es war. Ich drehte mich um und sah, wie sie hinter mir durch die Tür kam.

»Wo zum Teufel kommt er denn her?«

Meine Mutter schloss die Tür hinter mir und zeigte nach oben. Ich folgte der Richtung ihres Zeigefingers und sah mehrere Regale, die in zufälliger Anordnung hoch an der Wand angebracht waren.

»Warum sind da oben Regale? Es ist ja nicht so, als ob jemand sie erreichen könnte.«

Meine Mutter ließ ihre Hand sinken, stützte sie in die Hüfte und grinste. »Die sind für Ghost. Er kann auf das unterste springen und dann auf die nächsten zwei hochhüpfen. Er schläft gerne an erhöhten Stellen«, erklärte sie.

Als wolle er ihren Punkt beweisen, trottete Ghost durch den Raum, sprang auf das untere Regal und dann auf das nächsthöhere und das darüber. Mit zuckendem Schwanz setzte er sich hin und starrte von oben auf uns herab.

Ich schaute wieder zu meiner Mutter hinüber. Camille Wicked. Sie hatte in die Familie Wicked eingeheiratet, aber sie war schon eine Hexe, bevor sie meinen Vater heiratete, einen Hexer. Genau, ihr habt richtig gehört. Ich stamme von einer Hexe und einem Hexer ab.

Meine Mutter hatte silbernes Haar, das sie kurz und modisch in einem Bob trug. Sie trug einen enganliegenden grünen Rock, der ihre Hüften umschmeichelte und an den Knöcheln in einem Wirbel ausgestellt war. Dazu trug sie stylische schwarze Lederstiefeletten und eine anliegende cremefarbene Bluse. Ihr eleganter Look wurde durch baumelnde Silberohrringe und so viele Silberarmbänder abgerundet, dass ich jedes Mal Kopfschmerzen bekam, wenn sie den Arm bewegte.

»Warum wohnt Ghost hier?«, fragte ich.

»Er gehört dir«, antwortete meine Mutter gelassen. Mit einem eleganten Achselzucken drehte sie sich um und schaute sich um, während ich versuchte, diese kleine Ankündigung zu verdauen.

Das Kutschenhaus war natürlich wunderschön. Im Gegensatz zu manchen Kutschenhäusern war dieses tatsächlich einst ein echter Lagerraum für Kutschen und Pferde gewesen. Das Haus meiner Eltern war Anfang des 18. Jahrhunderts gebaut worden. Es war ein klassisches Kolonialhaus in Neuengland. Schön und stattlich stand es hoch auf einer Klippe mit Blick auf den Ozean in der Ferne. Dieses Kutschenhaus befand sich in Sichtweite des Haupthauses, aber nicht zu nahe.

Das Kutschenhaus war liebevoll gepflegt und von seinem früheren Zweck in ein richtiges Haus umgebaut worden. Der Eingangsbereich führte mich direkt ins Wohnzimmer, das hohe Decken hatte mit einem kleinen Loft, das einst der Heuboden gewesen war. Die Böden waren aus originalem Kastanienholz mit glänzendem Schimmer. Der offene Bereich hatte riesige Fenster, die in der Ferne auf die Küste blickten. Der Ozean war von hier aus gut eineinhalb Kilometer entfernt, aber man konnte ihn immer noch sehen.

Auf der einen Seite befand sich die Küche. Wo einst die Stalltüren gewesen waren, gab es jetzt eine Theke, die als Trennung zwischen Küche und Wohnzimmer diente, mit Schränken an der Wand dahinter. Nach hinten führten Türen in zwei Schlafzimmer und ein Badezimmer. Das Loft oben war ein wunderschönes Lesezimmer.

Ich würde es meiner Mutter nie zugeben, aber ein Gefühl der Erleichterung überkam mich, als ich hier hereinkam. Dieser Ort gehörte mir. Er war mir von meiner Großmutter vermacht worden, als sie starb.

Auf der Küchentheke und auf dem Esstisch an der Seite standen Blumen. Ich hätte wissen müssen, dass meine Mutter mich will-kommen heißen würde, indem sie den Ort verschönerte. Sie wusste, dass ich Blumen liebte. Insbesondere wusste sie, dass ich in New York City einen Garten und frische Blumen vermisst hatte.

Meine Mutter trat auf mich zu und zog mich in ihre Umarmung, während ich noch eine Tasche in der Hand hielt. Unnötig zu sagen, dass es etwas unbeholfen war. Sie trat zurück, umfasste meine Wangen und ihre Armbänder klimperten. »Ich habe dich vermisst, Schätzchen. Ich bin so froh, dass du zu Hause bist. Du bist endlich zurück. Genau da, wo du sein solltest.«

Das wurde mit einer dramatischen Geste gesagt, die ausreichte, um mich mit den Augen rollen zu lassen. »Mama, du hast mich vor zwei Wochen gesehen und dann im Monat davor.«

»Ich weiß«, sagte sie, als sie zurücktrat und ihre Hand in die Hüfte stützte. »Aber du ziehst endlich nach Hause, genau wie es sein sollte. Die Dinge werden endlich wieder ihren Platz finden.«

Ich stellte meine Tasche auf die Couch in der Mitte des Raumes. Sie war zum Meerblick ausgerichtet, mit einem kleinen Couchtisch. Auf der Seite des Raumes gab es einen weiteren Sitzbereich mit einem Fernseher an der Wand. Da ich nicht wusste, wie ich am besten auf den dramatischen Kommentar meiner Mutter reagieren sollte, entschied ich mich für Schweigen.

»Brauchst du Hilfe beim Auspacken? Ich habe Liam angerufen und ihm gesagt, dass du vielleicht Hilfe brauchen könntest. Er sagte, er könne heute Nachmittag vorbeischauen.«

»Mama, fang nicht damit an«, warnte ich.

Meine Mutter hob elegant eine Augenbraue. Alles, was sie tat, war elegant. »Was in aller Welt meinst du damit, Liebes? Liam ist ein alter Familienfreund. Wenn du Hilfe beim Umzug brauchst, hilft er gerne. Das ist völlig unschuldig.«

Ich starrte meine Mutter an und schüttelte den Kopf. Meine Mutter war vieles, aber unschuldig war definitiv *nicht* eines davon, besonders wenn es um mich ging. Als ihre einzige Tochter unter vier Söhnen war sie entschlossen, mein Leben nach ihren Vorstellungen zu gestalten. »Ich habe nicht so viel Zeug. Ich weiß auch nicht, wie lange ich bleiben werde«, sagte ich schließlich.

Obwohl ich ernsthaft darüber nachdachte, endgültig zu Hause zu bleiben, wollte ich diese Karte noch nicht ausspielen.

Ich erkannte meinen Fehler in dem Moment, als die Worte meinen Mund verließen. Die Augen meiner Mutter weiteten sich und ihr Mund klappte auf, mit einem gespielten Ausdruck des Entsetzens im Gesicht. »Moira! Wann wirst du dich endlich deinem Schicksal stellen? Je länger du wegläufst, desto schwieriger wird es.«

Oh Mann. Nur in meiner Welt redeten Leute über Dinge wie Schicksal und Bestimmung mit solchem Ernst. Es war schließlich auch der Grund für meinen Namen, aber das bedeutete nicht, dass ich dem gerecht werden wollte.

Doch so ungern ich auch daran dachte, drei Jahre weg von Charm Cove und dem Leben, das ich hier kannte, hatten mich eine Lektion laut und deutlich gelehrt. Ich konnte nicht aufhören, eine Hexe zu sein. Ich hatte es versucht, oh, wie ich es versucht hatte.

Als könnte sie meine Gedanken lesen – was sie meines Wissens nach eigentlich nicht konnte – wurden die Augen meiner Mutter weicher. Sie trat auf mich zu, strich mit ihren Händen über meine Schultern und drückte sie sanft. »Schätzchen, bei dir ist ein einziger Zauber schiefgegangen. Es ist vorbei. Es hat sich sowieso wieder eingerenkt. So ist das mit Liebeszaubern. Sie funktionieren vielleicht vorübergehend, aber wenn größere Kräfte am Werk sind, halten sie nicht lange.«

Ich verdrehte die Augen. »Heißt das, der Liebestrank, den Tante Lea verkauft, wird mit einer Warnung geliefert, dass er nachlassen könnte?«

Die Lippen meiner Mutter verengten sich und sie verdrehte die Augen, ließ ihre Hände sinken und trat zurück. »Gütiger Himmel. Es gibt die Kräfte, die gegen diejenigen eingesetzt werden, die keine eigenen haben, und dann die Kräfte, die gegen diejenigen eingesetzt werden, die ihre eigene Kraft haben. Das sind zwei sehr verschiedene Dinge, Liebes, und das weißt du auch.« Sie schüttelte den Kopf und seufzte. »Jedenfalls werde ich Liam sagen, dass es keinen Sinn hat vorbeizukommen. Ich werde mein Bestes tun, um mich nicht in dein Liebesleben einzumischen. Aber...« – sie hielt inne, um mit dem Finger zu wedeln – »...du weißt, dass ein Zauber nicht viel gegen das Schicksal ausrichten kann. Du musst dich ihm stellen.«

Sie wollte sich schon abwenden, aber ich sprach. »Mama.«

Sie drehte sich zurück, ihr Rock wirbelte um ihre Knöchel. »Ja?«

»Gibt es Neuigkeiten bei den Ermittlungen zu Alvins Tod?«

Ich konnte nicht widerstehen zu fragen. Obwohl ich über manche Dinge, die meine Familie tat, die Nase rümpfte, gab ich gerne zu, dass ich neugierig war. Allerdings zog ich es vor, es nicht an die große Glocke zu hängen. Dieses Kribbeln in meinem Rücken und das Zittern in meinen Fingern erinnerten mich daran, dass etwas mit Alvins Tod nicht stimmte. Ich hatte vor herauszufinden, was es war.

Meine Mutter trat zurück zur Küchentheke, stützte ihren Ellbogen darauf und schüttelte den Kopf. »Nein. Und der Klatsch ist einfach furchtbar. Die halbe Stadt denkt, jemand aus unserer Familie hätte etwas damit zu tun. Während die andere Hälfte denkt, jemand aus der Familie Good hat es getan. Meine Güte, wann werden sie begreifen, dass wir aufgehört haben, miteinander zu streiten? Es ist so lächerlich.«

Ich konnte nicht anders, mir entfuhr ein Schnauben.

Meine Mutter sah mich an, ihre Augen weit aufgerissen. »Was?«

»Mensch, Mama. Vielleicht bringen wir uns nicht mehr gegenseitig um, hauptsächlich weil es jetzt mehr illegal ist als früher. Die Geschichte zwischen unseren beiden Familien ist wie die der Hatfields und McCoys – mit Magie.«

»Seit über einem Jahrzehnt hat niemand mehr einen Zauber auf jemanden gewirkt«, sagte meine Mutter in beleidigtem Ton. »Oh, warte. Streiche das. Außer dir.«

Meine Wangen erhitzten sich, während ich innerlich fluchte. »Wie auch immer, Mama. Liam und ich haben jetzt Frieden geschlossen, und das schon seit Jahren.«

»Erst seit du weggezogen bist. Es ist leicht, Frieden zu halten, wenn man jemandem aus dem Weg geht«, sagte sie vielsagend. »Merk dir meine Worte, dein Schicksal wird sich erfüllen. Es ist nur eine Frage der Zeit.«

KAPITEL SIEBEN

Am nächsten Nachmittag parkte ich mein Auto in der Charming Way und ging in Persnickety Potions & Gifts. Ich musste mit Tante Lea sprechen. Schon wieder. Als ich den Laden betrat, wurde ich erneut von einem Gefühl der Vertrautheit, Geborgenheit und Überwältigung heimgesucht. Das war wie mein ganzes Leben hier in Charm Cove. Dieser Laden war mir besonders vertraut.

Bevor ich alt genug war, um hier offiziell zu arbeiten, verbrachte ich stundenlang hier, meist im hinteren Bereich, wo ich mit meinen Cousins und Cousinen spielte. Währenddessen kümmerten sich meine Mutter und Tante Lea vorne um die Kunden. Hier lernte ich so viele Dinge über meine Familie und über das Hexendasein. Der hintere Raum des Ladens war vollgestopft mit so ziemlich allem, was man sich vorstellen konnte. Auf den ersten Blick wirkte alles ganz harmlos. Wir verkauften Dinge wie Kräutertinkturen und homöopathische Mittel und Ähnliches. Solche Sachen waren heutzutage wahnsinnig beliebt.

Doch neben diesen Flaschen standen Tränke mit echter Magie. Als die verschiedenen Magie-Trends aufkamen, begannen wir, Zauberstäbe zu verkaufen. Wir mussten super-duper vorsichtig sein, keine Zauberstäbe mit echter Kraft zu verkaufen. Es gab ein paar verstreut umher. Nur eine andere echte Hexe oder ein Hexer würde sie auf Anhieb erkennen. Einmal hatte ich etwas Spaß mit einer meiner Cousinen. Diese eine Kundin kam jeden Sommer ohne Ausnahme. Sie war herrisch und anspruchsvoll. Ich vermutete, es war sicher zu sagen, dass sie zu viel Zeit hatte. Jedenfalls verkauften wir ihr einen Zauberstab mit echter Magie, nachdem wir ihn mit einem Zerbrechzauber belegt hatten.

Oh, die Geschichten, die wir in den nächsten Wochen hörten, waren lustig! Sie zerbrach Dinge links und rechts. Schließlich brachte sie den Zauberstab zurück und erklärte, sie sei überzeugt, dass er die Quelle all ihres zerbrochenen Porzellans sei. Obwohl ich den Unglauben in ihren Augen sehen konnte, gab es dort ein Funkeln. Bis heute bin ich überzeugt, dass sie keine Hexe war, aber sie hatte einen Vorgeschmack auf die Wahrheit bekommen. Es war nur zufällig unbequem und ziemlich schwach. Wir hatten dafür gesorgt, dass der Zerbrechzauber nur bei kleinen, harmlosen Gegenständen funktionierte.

Wie üblich war Persnickety Potions & Gifts gut besucht. Die Touristen wurden im Winter etwas weniger, aber vom Frühling bis zum Herbst war Charm Cove voll von Besuchern. Zwei meiner jüngeren Cousinen waren damit beschäftigt, Kunden zu helfen. Ich winkte ihnen kurz zu und schlüpfte hinter den Tresen auf der Suche nach Tante Lea. Der Perlenvorhang klimperte leise, als ich hindurchging und sie entdeckte, wie sie zu einem der Lagerregale im hinteren Bereich aufblickte.

»Tante Lea«, sagte ich und versuchte, einen strengen Ton in meine Stimme zu legen.

Sie drehte sich um, ein Lächeln erhellte ihr Gesicht. Sie ignorierte meinen Ton völlig, trat auf mich zu und zog mich in eine ihrer nach Rosmarin duftenden Umarmungen.

»Hallo, Liebes, ich bin so froh, dass du zu Hause bist. Endlich.«

Ach du liebe Güte. Tante Lea und meine Mutter waren wie ein Herz und eine Seele. Sie waren überzeugt, dass dies die endgültige Entscheidung war. Dies war eine vorübergehende Entscheidung, da ich zwischen zwei Jobs war, aber ich schluckte mein Seufzen herunter. Ich erwiderte ihre Umarmung und trat schnell zurück, die Hände in die Hüften gestemmt.

»Tante Lea, ich war vor zwei Wochen hier. Wie du weißt, habe ich beschlossen, meinen Job zu kündigen. Dank dir.« Ich verengte meine Augen und starrte sie an. »Gut, dass ich nicht die Angewohnheit habe, Zauber zu wirken, um anderen Leuten Streiche zu spielen.« Bei ihrem Augenrollen fuhr ich fort: »Wenn ich's mir recht überlege, würde ich einen Liebeszauber auf Onkel Jacob wirken, damit er sich in jemand anderen verliebt.«

Tante Lea grinste. »Das würde nicht funktionieren, Liebes. Er ist mächtiger als du. Außerdem sind wir zu alt. Liebeszauber wirken wirklich nur bei jüngeren Menschen. Zumindest länger als eine Minute. Jedenfalls, warum ist es meine Schuld, dass du deinen Job gekündigt hast?«

Jetzt war ich an der Reihe, mit den Augen zu rollen. »Ich schätze, dass du dein Wort gehalten und deinen ursprünglichen Liebeszauber auf Brian gebrochen hast, aber dieser alberne Zauber hat das ganze Durcheinander erst ausgelöst. Du hast meinen blöden Chef dazu gebracht, sich in mich zu vernarren. Jetzt ist er ganz verrückt nach der Rezeptionistin, aber Kristy denkt, das ist alles meine Schuld.«

Tante Lea sah kein bisschen reumütig aus. Tatsächlich hatte sie sich bereits abgewandt und sortierte eine kleine Schachtel mit Flaschen.

»Jedenfalls hat Kristy einen Aufstand gemacht und behauptet, sie hätte das Gefühl, dass ich eine Vorzugsbehandlung erhalten würde oder so ein Unsinn. Die Personalabteilung wollte, dass ich an einem Treffen mit ihr teilnehme, und ich beschloss, dass es an der Zeit war zu gehen. Es ist das Beste so. Ich weiß das vielleicht, aber das bedeutet nicht, dass ich auch nur eine Minute lang das schätze, was du getan hast. Wage es ja nicht, mit Zaubern herumzuspielen, jetzt da ich wieder zu Hause bin. Und nimm nicht an, dass ich bleibe. Ich nehme mir ein paar Wochen Zeit, um herauszufinden, was ich als Nächstes tun werde.«

Tante Lea drehte sich wieder zu mir um und griff nach oben, um einen der Essstäbchen im Dutt auf ihrem Kopf zu justieren. Ich schwöre, diese Frau hatte mehr Essstäbchen als jeder, den ich kannte. Sie benutzte sie ausschließlich, um ihre Haare hochzustecken. »Was auch immer, Liebes. Du bleibst hier. Ich weiß es, und du weißt es. Außerdem hat Tante Penelope es gesehen.«

»Was gesehen?«

»Dass du nach Hause kommst, um zu bleiben. Endlich wirst du und Liam dieses Durcheinander in Ordnung bringen, das du vor ein paar Jahren verursacht hast. Man kann nicht mit dem Schicksal spielen. Selbst wenn du eine Hexe bist«, sagte sie mit einer dramatischen Handbewegung.

»Was auch immer«, war meine brillante Antwort. Ich hatte vor langer Zeit gelernt, dass es sich nicht lohnte, mit jemandem in meiner Familie zu streiten. Nicht, wenn es um ihre Meinungen über das Schicksal und dergleichen ging. Ich war mit einem Namen verflucht, der »Schicksal oder Bestimmung« bedeutete. Als ob es da einen großen Unterschied gäbe. Wenn ich als Baby die nötige Kraft gehabt hätte, hätte ich meine Faust gegen meine Eltern erhoben, als sie meinen Namen auswählten.

»Sind wir jetzt fertig?«, fragte Tante Lea.

»Fertig womit?«

»Damit, dass du verärgert bist über diesen albernen Liebeszauber, den ich auf deinen Chef gewirkt habe. Dass er über dich sabberte, war ein Unfall, den ich behoben habe.«

Eine weitere Sache, die mich an meiner Familie verrückt machte, war, dass ich auf niemanden böse bleiben konnte. Egal wie neugierig, aufdringlich und hexenhaft sie waren, ich liebte sie. Ich seufzte. »Gut. Ich habe meine Meinung gesagt.«

»Gut. Denn wir brauchen deine Hilfe.«

»Hilfe wobei?«

Sie nahm eine kleine Flasche mit einem Kräuterheilmittel auf und drehte sie gedankenverloren in ihren Fingern, während sie sich mit den Hüften gegen die Theke lehnte, die an der Rückwand entlanglief. »Nun, dieses Durcheinander mit Alvin Pearson, der im Brunnen ertrunken ist, ist ein Problem. Die Gerüchte sind verrückt. Ehrlich, ich weiß nicht, was passiert ist. Jemand hat einen Zauber gewirkt, der schiefgegangen ist. Zumindest denkt Jacob das.«

Jacob Good war Tante Leas Ehemann. Er war zufällig auch Liams Onkel und ein mächtiger Hexer. Damit du dir keine Sorgen machst, dass Liam und ich verwandt waren. Oh Gott! Auf keinen Fall! Die Ehe von Lea und Jacob war die Verbindung, die die Wickeds und die Goods für ihre Generation zusammenbrachte. Unter anderem war Jacob ziemlich gut darin, zu spüren, wann und wo Zauber gewirkt wurden. Manchmal war seine Genauigkeit scharf genug, um denjenigen zu bestimmen, der den Zauber gewirkt hatte. In der wilden Welt der Hexen und Hexer war er als Sensor bekannt.

Wenn Jacob dachte, dass jemand einen Zauber gewirkt hatte, der etwas mit dem Tod von Alvin zu tun hatte, war es höchst wahrscheinlich wahr.

»Also, wer glaubt er, hat es getan?«, fragte ich und beschloss, es für mich zu behalten, dass ich meine eigenen Vermutungen hatte.

»Das ist das Problem. Er ist sich nicht sicher. Wer auch immer es getan hat, ist nicht sehr mächtig. Alles, was er spüren konnte, war die Spur. Natürlich ist es jetzt etwa anderthalb Wochen her, seit sie Alvins Leiche gefunden haben. Da Alvin tot ist, hat Jacob keine Spuren, denen er folgen könnte. Ich vermute, es ist jemand Junges. Selbst in den weniger mächtigen Familien, wenn sie älter sind, haben sie ihre Kräfte lange Zeit benutzt. Aber wenn sie jung und frisch sind, nun, du weißt, was dann passiert.«

Ich biss mir auf die Zunge. Ich war definitiv einmal jung und töricht gewesen. Was auch immer. Ich war jetzt zurück, und ich konnte dieses Durcheinander nicht rückgängig machen. Zumindest war Liam jetzt geschieden.

»Also, wie kann ich helfen?«, fragte ich und beschloss, ihre Bemerkung über meinen vor ein paar Jahren schiefgegangenen Zauber zu ignorieren.

»Es ist einfach. Du warst weg, also werden die Leute eher mit dir tratschen«, antwortete Tante Lea mit einem eleganten Achselzucken.

»Hä? Wie soll das helfen?«

»Jeder wird mit dir plaudern wollen. Du kannst einfach die Ahnungslose spielen. Natürlich ist der Klatsch in der Stadt, dass entweder wir es getan haben oder einer der Goods. Süßer Jesus, die Leute sind so albern. Nur weil die Wickeds und die Goods mächtig sind, heißt das nicht, dass wir es getan haben. Wir sind nicht so dumm«, sagte sie mit einem Schnauben. »Diese verdammte Umzonung betraf viele Familien. Nach meiner Berechnung hatte die Hälfte der Stadt guten Grund, auf Alvin Pearson wütend zu sein. Also fang einfach an, neugierig zu sein. Außerdem hast du einen Hauch von Mémés Kraft.«

Ihr Kommentar erschreckte mich, aber sie fuhr fort. »Wenn du nicht weggezogen wärst, hätten wir dir vielleicht helfen können, das zu verfeinern«, sagte sie mit einem Schnauben.

»Mémés Kraft?«

Mémé war meine Großmutter mütterlicherseits. Meine Familie trug ihre französische und irische Geschichte wie einen Ehrenabzeichen. Da war auch die Tatsache, dass wir in Maine waren, wo der Einfluss der französischsprachigen Kanadier aus dem südlichen Kanada tief nach Maine reichte, daher der häufige Gebrauch von Mémé für Großmutter hier. Mémé war zu ihrer Zeit eine sehr mächtige Hexe gewesen. Sie war gestorben, als ich auf der High School war, und ich glaube nicht, dass ich jemals aufhören würde, sie zu vermissen.

Tante Lea schnaubte wieder und stützte eine Hand auf ihre Hüfte. Heute trug sie wieder einen fließenden Rock. Dieser war leuchtend lila und mit einer weißen Bluse mit bauschigen Ärmeln kombiniert. Alles in allem präsentierte sie ein Bild haphazarder Eleganz. Sie schnippte mit den Fingern in meine Richtung und verdrehte die Augen. »Liebes, Kraft wird dir gegeben, aber du musst lernen, wie man sie einsetzt. Mémé war eine der wenigen, die wirklich sehen konnte. Du hast es auch, aber du bist weggezogen und hast geschworen, keine Hexe mehr zu sein«, sagte sie, und Unglaube triefte aus ihren Worten.

»Weißt du was? Lass es gut sein. Ich bin weggezogen. Viele Leute wachsen auf und ziehen weiter. Ich habe euch alle nie aus meinem Leben ausgeschlossen. Ich wollte nur... ich wollte sehen, wie es ist, normal zu sein. Das ist alles. Ich weiß jetzt, dass das nicht möglich ist, also was auch immer. Was ist dein Punkt? Es gibt keine Möglichkeit, dass ich Mémés Kraft gleichkomme, also mach dir keine Hoffnungen.«

Tante Leas Augen leuchteten für einen Moment auf, und bevor ich wusste, was geschah, zog sie mich in eine weitere Umarmung. Sie trat zurück und nahm meine Wangen in ihre Hände. »Ich bin so erleichtert, dass du verstehst, dass du dich nicht mehr von deinem Erbe abwenden kannst.«

Natürlich wurde dies ziemlich dramatisch gesagt, denn es war für Tante Lea unmöglich, nicht dramatisch zu sein. »Ich wende mich von niemandem ab«, sagte ich, tätschelte ihre Hände und trat zurück. »Also, was ist dein Punkt mit Mémé?«

Sie nickte und kam gleich wieder zur Sache. »Oh, nur dass, wenn sie hier wäre, sie es vielleicht herausfinden könnte. Manchmal musste sie nur Gegenstände berühren, die bei Zaubern verwendet wurden, und sie konnte sehen, was passiert war. Nicht, dass ich denke, dass du das kannst, denn diese Art von Kraft brauchte Jahrzehnte, um sie zu verfeinern. Du solltest einen Besuch am Brunnen machen und sehen, was dabei herauskommt.«

Mir wurde klar, dass mein Mund offen stand, und ich schloss ihn schnell. Süßer Jesus. Die Rückkehr nach Charm Cove war wie in eine andere Welt zu gehen, eine sehr verrückte Welt. Es war nicht so, als wüsste ich das nicht. Ich war hier aufgewachsen, aber ein paar Jahre weg von täglichen Gesprächen über Kräfte und Zauber und dergleichen, und ich hatte offensichtlich vergessen, wie es war.

Tante Lea, nicht ahnend, was ich dachte, fuhr fort. »Ich kann einfach *nicht* glauben, dass alle annehmen, dass es entweder ein Wicked oder ein Good war, der das getan hat. Unsere Familien werden für alles verantwortlich gemacht.«

Ich beschloss, darüber zu schweigen, dass es tatsächlich sehr gute Gründe dafür gab. Zu verschiedenen Zeitpunkten in unseren verworrenen Geschichten waren unsere Familien nicht so harmlos gewesen. Zauber, die auf verschiedene Familienmitglieder in beide Richtungen gewirkt wurden, hatten manchmal zu Krankheit und Tod geführt. Es hatte sogar einmal ein Duell gegeben.

Nur in Charm Cove wäre es eine Peinlichkeit, dass es ein Duell gegeben hatte. Beide Familien betrachteten diesen kleinen Vorfall als einen Fleck auf unserer Geschichte. Ich meine, Hexen und Hexer hatten keine Verwendung für Pistolen. So albern. Übrigens hat niemand gewonnen.

Ich hörte meinen Namen von vorne und dann einer meiner Cousinen, die etwas antwortete. Bevor ich es wusste, trat meine Freundin Zoe durch den Perlenvorhang.

»Du bist hier!«, rief sie aus.

»Hey, Zoe!«

Obwohl ich in den letzten Monat zweimal hier oben gewesen war, waren beide Besuche kurz gewesen, und ich hatte keine Gelegenheit gehabt, Zoe zu besuchen. Da ich hier aufgewachsen war, hatte ich eine Reihe von Freunden, aber sie war eine meiner engsten.

Tante Lea zwinkerte ihr zu und winkte dann uns beiden. »Denk über das nach, was ich gesagt habe«, sagte sie mit einem eleganten Wackeln ihres Zeigefingers, bevor sie durch den Perlenvorhang nach vorne trat. »Ihr Mädels könnt hier so lange bleiben, wie ihr wollt«, rief sie über ihre Schulter.

In dem Moment, als Tante Lea außer Hörweite war, sah ich zu Zoe. »Es gibt keine Chance in der Hölle, dass wir hier aufholen werden.«

Zoe kicherte. »Definitiv nicht. Ich habe dein Auto gesehen und dachte, vielleicht könnten wir etwas mittag essen.«

»Lass uns das tun. Wohin willst du gehen?«

»Lass uns zum Charm Café gehen.«

Ein weiterer gelegentlich nerviger Nebeneffekt des Lebens an einem Ort namens Charm Cove war, dass so ziemlich alles mit irgendeiner Variation von *Charm* benannt wurde.

KAPITEL ACHT

Nicht viel später saßen Zoe und ich gemütlich an einem Tisch im Charm Café. Dies war eines der vielen belebten Restaurants in Charm Cove. Wir mussten tatsächlich ganze zwanzig Minuten warten, um überhaupt einen Tisch zu bekommen. Obwohl wir trotz der Menschenmenge Glück hatten. Unser Kellner war zufällig einer von Zoes Cousins, und er gab uns einen erstklassigen Tisch in der Ecke. An beiden Seiten der Ecke befanden sich Fenster, die einen herrlichen Blick auf den Bootshafen von Charm Cove boten. Während Zoe einen kurzen Anruf entgegennahm, nutzte ich den Moment, um die vertraute Aussicht in mich aufzusaugen.

Von hier aus konnte man die gesamte Bucht überblicken. Boote schaukelten im Wasser an den Docks im Hafen. Auf der anderen Seite der Bucht rollten die Wellen sanft gegen die Felsen. Es war zwar noch kühl für den Frühling, aber viele Menschen spazierten am Strand entlang, auf dem sandigen Abschnitt zwischen den Felsen. Die Sonne stand hoch am Himmel und spiegelte sich in den Gewässern jenseits der Bucht. Charm Cove lag etwa in der Mitte der Küstenlinie Maines. Dieser Teil von Maine war übersät mit Inseln, von denen einige von hier aus zu sehen waren. In der Ferne war ein kleiner Leuchtturm zu

erkennen. Er war noch in Betrieb und unter Touristen als Spukort
verschrien.

Kaum wussten sie, dass er lediglich einer Hexenfamilie gehörte.
Der Leuchtturm hatte im Laufe der Jahrhunderte mehrmals den
Besitzer gewechselt. Momentan gehörte er einem der Goods.

Zoe beendete ihren Anruf und steckte ihr Handy in ihre Handtasche. Ich schaute zu ihr hinüber und grinste. Sie sah fast genauso aus
wie damals, als wir zusammen auf der High School waren. Sie hatte
immer noch lockiges dunkles Haar und funkelnde braune Augen mit
runden Wangen und Sommersprossen. Früher hasste sie, wie niedlich
sie war.

Sie stützte ihre Ellbogen auf den Tisch. »Also, Gerüchten zufolge
bist du für immer zurück. Bitte sag mir, dass das stimmt.«

»Glaub mir. Ich bin mir der Gerüchte bewusst. Du kennst meine
Familie. Mama und Tante Lea sind bereits überzeugt, dass ich zurück
bin, um meinem Schicksal zu begegnen. Was auch immer das bedeuten
soll.«

»Oh, lass dich nicht von ihnen beeinflussen. Ignorier sie einfach.
Sie haben aber wahrscheinlich recht.«

»Fang bloß nicht damit an!«

Zoe brach in Gelächter aus. »Tut mir leid. Ich konnte nicht
widerstehen.«

»Liam hat jemand anderen geheiratet, also bin ich ziemlich sicher,
dass das die ganze *Schicksals*sache zunichte gemacht hat.«

»Er ist bereits geschieden. Schicksal hin oder her, du kannst nicht
so tun, als wäre es jetzt keine Möglichkeit mehr.«

Ich verdrehte die Augen. »Was auch immer. Kommen wir zu etwas
anderem.« Ich zog es vor, nicht zu viel über Liam nachzudenken, nicht
wenn mich sein bloßer Anblick auf eine Weise aus der Fassung
brachte, die ich längst überwunden zu haben glaubte.

»In Ordnung. Erzähl mir, was mit deinem Job passiert ist.«

Ich informierte sie schnell über Tante Leas kleine Aktion mit
dem Liebeszauber für meinen Chef. Zoe fand das urkomisch. Natürlich war es das auch, abgesehen von der Tatsache, dass ich eine
Woche lang das ahnungslose Opfer seiner Liebe gewesen war und
mich dann gezwungen fühlte, zu kündigen, um nicht mit dem daraus

resultierenden Mist umgehen zu müssen. Auch wenn ich zugeben musste, dass es höchste Zeit für mich war zu gehen, weil ich dort nicht glücklich war, hätte ich es lieber in meinem eigenen Tempo getan.

»Wie auch immer, du wirst nicht glauben, was Tante Lea jetzt von mir will.«

»Was?«, fragte Zoe.

»Du kennst doch die Sache mit Alvin Pearson?«

»Oh mein Gott. Wie könnte ich davon nicht gehört haben? Daniel bearbeitet diesen Fall, und es macht ihn fertig. Jeder streitet darüber, und jeder denkt, jemand anderes hat es getan. Natürlich gehört deine Familie zu den zwei Hauptverdächtigen. Es sind immer die Wickeds und die Goods.«

Ich drehte eine Haarsträhne um meinen Finger und seufzte. »Und du fragst dich, warum ich weggezogen bin? Es geht *immer* um irgendetwas mit den Wickeds und den Goods, und ich gehöre dazu.«

Zoe kicherte. »Stimmt, aber du bist toll, also bin ich froh, dass du wieder da bist. Jedenfalls sagen die Leute, du und Liam seid aus dem Schneider, weil keiner von euch in der Stadt war.«

»Wir waren aber da, als sie ihn gefunden haben. Woher weißt du, dass Liam nicht in der Stadt war?«

Mit einem Augenzwinkern grinste Zoe. »Fragst du dich, woher ich wusste, wo Liam war?«

»Ach herrje. Könntest du mich bitte aufklären?«

»Na gut. Laut Gerichtsmediziner ist Alvin Stunden vorher ertrunken. Du warst gerade erst in der Stadt angekommen, und Liam auch. Er ist nach Boston gezogen, nachdem er geheiratet hat, und wie du kehrt er jetzt nach Hause zurück.«

Ich beschloss, Zoes Kommentare über Liam zu ignorieren und konzentrierte mich auf Alvin. »Wissen sie, wann er tatsächlich ertrunken ist?«

Zoe nickte. »Der Gerichtsmediziner schätzt den Todeszeitpunkt auf etwa sechs Stunden bevor er gefunden wurde. Du warst da noch nicht mal in der Stadt, oder?«

»Nein, definitiv nicht sechs Stunden vorher. Ich war gerade erst eine halbe Stunde vorher angekommen. Also, was denkt Daniel?«, fragte ich und bezog mich dabei auf den Polizeichef, der zufällig Zoes Ehemann war.

»Du kennst ihn. Obwohl er mit mir verheiratet ist und ich eine Hexe bin, geht er immer davon aus, dass das die letzte Option ist. Er sagt ständig, es müsse Occams Rasiermesser sein. Die einfachste Erklärung ist, dass jemand wegen der Flächenumwidmung sauer auf Alvin war. Lass mich dir sagen, die Liste der Verdächtigen dafür ist verdammt lang. Wie zum Teufel glaubt Lea, dass du helfen könntest?«

»Oh, sie denkt, mehr Leute werden mit mir reden, weil ich in letzter Zeit nicht viel hier war.«

Zoe brach in Gelächter aus. »Nun, damit hat sie wahrscheinlich recht. Du warst nicht in der Gegend, also werden alle denken, du bist frisches Fleisch.«

Wir hielten inne, als unser Kellner kam, um unser Wasser nachzufüllen und unsere Bestellung aufzunehmen. Zoe drängte mich. »Du musst ein Lobster Roll nehmen. Wann hattest du das letzte Mal ein gutes Maine Lobster Roll?«

»Vor ein paar Wochen«, sagte ich lachend. »Aber ich nehme trotzdem eins.«

Unser Kellner drehte sich um und versprach, dass unsere Lobster Rolls innerhalb weniger Minuten fertig sein würden.

In diesem Moment betrat Opal Good das Café. Eine Good zu sein bedeutete, dass Opal eine Hexe war, und zwar eine sehr mächtige. In meiner Generation war es abgeflaut, aber jahrhundertelang hatte es Streitigkeiten darüber gegeben, welche Hexenfamilie mächtiger war - die Wickeds oder die Goods. In aller Ehrlichkeit war die Antwort: keine von beiden. Beide waren voll mit Scharen von Hexen und Zauberern. Einige Personen mögen zu verschiedenen Zeiten mächtiger gewesen sein, aber insgesamt waren die Unterschiede winzig.

Als wäre unsere Anwesenheit ein Magnet, landeten Opals Augen auf Zoe und mir in der Ecke. Sie ignorierte die Hostess, die versuchte, sie in eine andere Richtung zu lotsen, und kam direkt zu unserem Tisch. Sie war groß und imposant, mit ihrem silbernen Haar, das straff zu einem Dutt zurückgezogen war. Sie trug eine schwarze Hose und eine weiße Bluse, was ihr eine strenge Ausstrahlung verlieh.

Sie richtete ihre hellblauen Augen auf mich, stützte eine Hand auf ihre Hüfte und maß mich mit ihrem Blick. »Nun, dann stimmen die Gerüchte also. Ich höre, du bist für *immer* zurück nach Hause gekommen.«

Sie betonte das Wort *immer* etwas zu sehr für meinen Geschmack. Ich bemühte mich, nicht gleich am Anfang sarkastisch zu werden, also hielt ich meine Zunge im Zaum. Opal war eine von Liams Tanten. Sie war wütend auf mich gewesen, als ich weggezogen war.

»Hast du Liam schon gesehen?«, fragte sie, ohne sich mit höflichem Geplänkel aufzuhalten.

Ich lächelte angespannt und schüttelte den Kopf, zwang meinen Gesichtsausdruck zu Ruhe und griff nach dem Armband an meinem Handgelenk, das nicht da war. Den größten Teil meiner Kindheit hatte ich ein Bettelarmband getragen und hatte die Angewohnheit, daran herumzuspielen. Obwohl ich es seit ein paar Jahren nicht mehr trug, griff ich immer noch unbewusst danach. Da ich nichts zum Herumspielen hatte, entschied ich mich stattdessen für den Ring an meinem Finger, den ich im Kreis drehte. Wann würden unsere jeweiligen Familien kapieren, dass ständiges Herumschnüffeln nicht hilfreich war? Schicksal hin oder her, wenn Liam und ich jemals die Dinge zwischen uns klären würden, dann nicht, weil unsere neugierigen, selbstgerechten Familien es herbeiführten.

»Nein, habe ich nicht. Ich bin sicher, dass ich es noch tun werde. Nur um die Gerüchteküche richtigzustellen: Ich bin vielleicht zurück, oder vielleicht auch nicht für immer«, sagte ich schließlich.

Opal grinste verschlagen. »Was auch immer du denken willst, ändert nichts am Schicksal, Liebes. Seine Scheidung wurde erst am Tag vor eurem Treffen vor zwei Wochen rechtskräftig. Wenn dir das nicht alles sagt, weiß ich auch nicht weiter. Sei diesmal nur nicht so unvorsichtig mit deinen Zaubern.«

Ich beschloss, da sie offensichtlich unhöflich war, auf denselben Zug aufzuspringen. »Also sag mir, Opal. Alle fragen mich nach Alvin. Was weißt du?«

Opal schnappte sich einen Stuhl vom Tisch neben uns, ohne die dort sitzenden Leute überhaupt zu fragen, ob es in Ordnung sei, den Stuhl zu stehlen.

»Opal, du kannst nicht einfach diesen Stuhl nehmen. Was, wenn sie jemanden erwarten?«, flüsterte ich.

Sie drehte sich um und richtete ihren scharfen Blick auf sie. »Braucht ihr diesen Stuhl?«

Die zwei Touristen, verwirrt über Opals Unhöflichkeit, schüttelten einfach ihre Köpfe. »Wir brauchen ihn nicht«, antwortete der Mann schließlich.

Opal drehte sich mit einem eleganten Schulterzucken und einem Hochziehen ihrer Augenbraue zu uns zurück. »Siehst du, sie brauchen ihn nicht. Jedenfalls, Alvin. Gütiger Himmel, das ist alles, worüber jeder reden kann, und es wird einfach angenommen, dass ein Wicked oder ein Good etwas damit zu tun hatte. Ich bekomme allein vom Nachdenken darüber Kopfschmerzen.«

Zoe fing meinen Blick auf und schaute zwischen Opal und mir hin und her. »Ist das nicht immer so?«, fragte sie.

Opal zuckte mit den Schultern, lehnte sich in ihrem Stuhl zurück und trommelte mit ihren rot lackierten Fingernägeln auf dem Holztisch. »Vielleicht, aber wir leben im 21. Jahrhundert. Die Wickeds und die Goods sind weit über die alten Zeiten hinaus. Ich meine, es ist über ein Jahrhundert her, seit jemand aus einer der beiden Familien jemanden mit einem Zauber getötet hat.«

Sie sagte das, als ob es etwas wäre, worauf man stolz sein könnte. Ich konnte dem Drang nicht widerstehen, etwas dazu zu sagen. »Ernsthaft, Opal? Es ist nicht gerade ein Grund, sich auf die Schulter zu klopfen, weil wir uns nicht gegenseitig oder andere umbringen. Unsere Familien waren sich früher an die Kehle gegangen - und zwar auf mehr als eine Art. Es ist fair zu sagen, dass wir uns den Ruf in der Vergangenheit verdient haben.«

Opal richtete ihren blauen Blick auf mich, ihre Augen verengten sich. »Lass die Vergangenheit in der Vergangenheit.«

»Oh bitte. So etwas wie Vergangenheit, die in der Vergangenheit bleibt, gibt es hier nicht. Du musst nur deinen Laden oder den von Tante Lea besuchen. Die hinteren Regale sind vollgestopft mit uralten Heilmitteln, und die Hälfte des Grundes, warum ich weggezogen bin, war, um dem Gerede zu entkommen, dass mein Schicksal mit unserer

Vergangenheit verbunden sei. Also ist die Vergangenheit definitiv nicht vergangen. Nicht hier.«

Zoe kicherte und hielt inne, als unser Kellner ankam.

»Kann ich Ihnen etwas bringen?«, fragte er Opal.

»Kaffee bitte. Schwarz«, antwortete sie.

»Etwas zum Mittagessen?«, fragte er.

Opal schüttelte den Kopf. »Nein, danke.«

»Okay. Eure Lobster Rolls werden in ein paar Minuten fertig sein«, sagte er und schaute zwischen Zoe und mir hin und her.

Er ging weiter, um einen Tisch in der Nähe zu bedienen. Inzwischen kehrte Zoe zum Thema zurück. »Ich sage, mach dir keine Gedanken darüber, was andere denken. Daniel arbeitet daran, und er ist zuversichtlich, dass es nichts mit schief gelaufenen Zaubern zwischen den beiden Familien zu tun hat. Ich bin sicher, er wird eingrenzen, wer beteiligt gewesen sein könnte, wenn überhaupt jemand.«

Opal mischte sich ein. »Ich habe von Anfang an gesagt, dass daran vielleicht gar nichts Verdächtiges ist. Jeder in der Stadt wusste, dass Alvin ein Alkoholproblem hatte. Die naheliegendste Erklärung ist, dass er in Enchanted Spirits betrunken wurde, auf dem Heimweg zu Fuß ging und auf dem Weg in den Brunnen fiel.«

Zoe nickte zustimmend. Ich wollte zustimmen, aber mein Bauchgefühl sagte mir etwas anderes. Ich wusste, dass Onkel Jacob die Spuren eines gewirkten Zaubers aufgespürt hatte, und meine eigene Reaktion. Allein der Gedanke daran ließ meine Finger wieder kribbeln.

Jacob war übrigens Opals ältester Bruder. Sie war wütend gewesen, oder so hatte ich gehört, als er und Tante Lea heirateten. Obwohl sie voll und ganz auf dem Schicksalszug mitfuhr, hatten sie und Lea anscheinend in der Highschool nicht besonders gut miteinander ausgekommen. Obwohl dieses Wasser inzwischen jahrzehntelang unter der Brücke durchgeflossen war.

Jemand hielt an, um Zoe zu begrüßen, während Opal einen Anruf entgegennahm. Ich schaute mich im Restaurant um. Das Charm Café war in einem Gebäude untergebracht, das einst ein Haus mit Blick auf den Hafen gewesen war. Es war ein klassisches Haus im Cape-Stil. Die neuen Besitzer hatten das gesamte Erdgeschoss in den Sitzbereich für das Café umgebaut, mit einer Bar auf einer Seite. Fenster, hoch genug, um darin zu stehen, ließen Licht durch den gesamten Raum fallen, und die glänzenden Hartholzböden leuchteten in der Sonne. Die Küche befand sich im Obergeschoss, und das Essen wurde durch einen Speiseaufzug hinter der Bar serviert.

Es gab etwas an diesem Ort, das sich einfach nach Maine anfühlte. Vielleicht war es der Blick auf die felsige Küste und den Ozean, der sich in der Ferne erstreckte. Vielleicht war es das alte Gefühl des Hauses mit seiner abgenutzten Eleganz. Oder vielleicht war es die Tatsache, dass ich mich umschauen und mich nicht so allein fühlen konnte.

Während ich in den paar Jahren, in denen ich fern von hier gelebt hatte, Freunde gefunden hatte, gab es immer eine Unterströmung in mir. Denn es war nicht so, dass ich über meine Geschichte ehrlich sein konnte. Es war nicht so, als könnten sich Hexen nicht in die reale Welt einfügen. Das war der einfache Teil. Hexen und Zauberer hatten das seit Anbeginn der Zeit getan.

Doch wer wir waren, war immer die Wahrheit, die verborgen bleiben musste, es sei denn, wir wussten, dass wir unter denen waren, die wir als sicher betrachteten. Es war eine Erleichterung zu wissen, dass ich unter Freunden war und unter denen, die genau wussten, wer und was ich war. Nicht nur dachten sie nicht, dass es verrückt war, sie dachten das Gegenteil – es war verrückt, meine Kräfte wegzuwünschen.

Unser Kellner brachte unsere Lobster Rolls zusammen mit Opals Kaffee. Nachdem Opal ihren Anruf beendet hatte und während ich gerade in ein köstliches Lobster Roll biss, durchbohrte sie mich wieder mit ihrem blauen Blick. Ihr Blick war Liams so ähnlich, dass es sich seltsam anfühlte. »Also, was ist dein Plan?«, fragte sie in kühlem Ton.

Ich kaute zu Ende und nahm einen Schluck Wasser, wobei ich mir einen Moment Zeit nahm, meine Gedanken zu sammeln. »Was meinst du?«

»Nun, ich bin Lea das letzte Mal begegnet, als du hier warst. Sie sagte, du wärst ganz aufgebracht über diesen albernen Liebeszauber. Du weißt, dass es nur ein Scherz war. Nur deine Familie ist so nachlässig mit Zaubern«, sagte sie pointiert.

Einen Moment lang war ich beschämt. Ohne mir auch nur die Chance zu geben zu antworten, fuhr sie fort. »Jedenfalls ist Liam geschieden. Du bist hier. Er ist endlich nach Hause gezogen. Deine Familie und unsere glauben, dass es Zeit ist, sich deinem Schicksal zu stellen.«

Ich nahm noch einen Schluck Wasser und bemerkte Zoes verschmitztes Grinsen. Sie fand die Machenschaften meiner Familie und Liams Familie schon immer amüsant. Gott sei Dank war sie meine Freundin. Sie war ein Faden der Vernunft in meinem manchmal ansonsten wirren Leben hier in Charm Cove. Ich ignorierte sie und begegnete Opals entschlossenem Blick. »Opal, ich bin zwischen Jobs. Ich bin nach Hause gekommen, um herauszufinden, was ich als Nächstes tun werde. Das ist alles.«

Opal nahm einen langsamen Schluck ihres Kaffees und beobachtete mich dabei die ganze Zeit. »Schön und gut. Ich hoffe, du bist diesmal weniger nachlässig mit deiner Magie.«

Ich biss mir auf die Zunge, um nicht mit ihr zu streiten, und nahm absichtlich noch einen Bissen von meinem Lobster Roll, den ich ziem- lich hart kaute. Ich war so müde davon, dass alle mir wegen dieses dummen schief gelaufenen Zaubers Vorwürfe machten.

Falls du dich fragst, was passiert ist, hier ist es. Liam und ich fingen in der High School an, uns zu verabreden. Keine große Sache. Ausgehen war ein ziemlich normales Übergangsritual in der High School. Natürlich, weil ich eine Wicked und er ein Good war, gab es Gemurmel zwischen unseren Familien und in der Gemeinschaft. Gerüchte kursierten, dass wir das vorgesehene Wicked-Good-Paar für diese Generation seien. Das nenne ich Druck.

Seit dem hässlichen Ereignis, etwa vor drei Jahrhunderten, als einer der Good-Männer, der eine Wicked-Frau geheiratet hatte, eine Affäre hatte, wurden die Dinge hässlich. Seien wir ehrlich. Das war in der Zeit der Scharlachbuchstaben und dergleichen. Während Männer viel mehr Spielraum hatten als Frauen, war es keine akzeptable Sache. Die verschmähte Wicked-Frau sprach einen Zauber, der nicht töten sollte. Doch ihr Mann sprach einen Gegenzauber.

Manchmal können in unserer Welt Zauber kollidieren. Genau das ist in diesem Fall passiert. Die Zauber setzten einen Abschnitt des nahegelegenen Waldes in Brand. Beide an der Zauberei Beteiligten wurden verbrannt. Buchstäblich.

Keiner von ihnen starb. Doch die dadurch entstandene Feindseligkeit explodierte. Die beiden Familien, die zusammen Charm Cove gegründet hatten, spalteten sich deshalb. Für eine ganze Generation sprachen sie kaum miteinander. Ich konnte es mir nur vorstellen. Eine winzige Stadt an der windgepeitschten Küste Maines damals, als die Menschen aufeinander angewiesen waren, mit zwei mächtigen Familien, die zerstritten waren. Beide hatten umfangreiche Kräfte, um sich das Leben gegenseitig zur Hölle zu machen.

Wenn die Legende stimmt, gab es damals alle möglichen Streiche. Große und kleine Zauber von beiden Seiten mit ein paar Todesfällen dazwischen. Nach zu viel Ärger für zu lange Zeit erklärten die mächtigen Matriarchinnen beider Familien, dass der einzige Weg, Frieden zu halten, darin bestünde, dass es in jeder Generation eine Heirat zwischen einem Wicked und einem Good geben müsse. Sie erklärten, dass das den Frieden erhalten würde.

Die Geschichte besagt, dass die allererste Ehe arrangiert war. Beide kämpften anscheinend dagegen an. Aber versuch mal, gegen die Macht zweier uralter Hexen anzukämpfen. Glaub mir, das ist keine leichte Aufgabe und im Grunde unmöglich. Selbst wenn du zufällig selbst eine Hexe bist. Tja, was soll's.

Danach, so sagt die Geschichte, sollte es in jeder Generation so sein, dass sich ein Wicked und ein Good verlieben würden. Tante Lea und Onkel Jacob waren das Paar für die Generation meiner Mutter und Opals. Als Liam und ich anfingen, uns zu verabreden, erklärten alle Älteren in unseren Familien, dass es so sein sollte. Damals waren wir jung und maßen dem nicht viel Bedeutung bei.

Dann kam das College, und Liam, so gutaussehend wie er war, hatte viele Augen auf sich gerichtet. Siehst du, hier in Charm Cove, selbst wenn andere Mädchen ihn mochten, als ich mit ihm zusammen war, hielten sie sich fern. Während nicht alle Familien in Charm Cove mit Sicherheit von den Kräften unserer jeweiligen Familien wussten, wollte sich niemand mit uns anlegen. Aber die College-Szene in Boston war etwas anderes.

Ich war jung und töricht. Da war dieses eine Mädchen, das einfach nicht aufhörte, mit ihm zu flirten. Ich beschloss, einen Zauber zu sprechen, mit der Idee, ihr das Leben ein bisschen elend zu machen. Aber ich kannte das Ausmaß meiner Kräfte nicht. Obwohl ich nicht dumm war und die Möglichkeiten kannte, setzte ich versehentlich das ganze Gebäude in Brand. Niemand wurde verletzt, und ihr ging es gut, aber es trennte Liam und mich. Weil er wütend war, dass ich an ihm zweifelte.

Die Überreste dieses verkohlten Gebäudes waren immer noch in Boston sichtbar, wo wir beide damals studiert hatten. Nichts, was ich jetzt dagegen tun könnte. Unsere Familien hatten große Anstrengungen unternommen, um das Durcheinander zu beseitigen und sicherzustellen, dass niemand dieses zufällige Feuer mit mir oder mit Liam in Verbindung bringen konnte.

Die betreffende Frau hatte ihn schließlich geheiratet. Das war vor einem kurzen Jahr und einem halben, und offenbar war ihre Scheidung jetzt rechtskräftig. Was könnte ich Opal überhaupt über das Schicksal sagen?

Ich schaute sie an und zuckte einfach mit den Schultern. »Natürlich werde ich nicht so nachlässig mit Magie umgehen. Wenn es eine Sache gibt, die ich gelernt habe, dann ist es, meine eigenen Kräfte niemals zu unterschätzen.«

Zoes Augen weiteten sich, und ich sah, wie sie ein Lachen zurückhielt. Währenddessen starrte mich Opal an. Sie war einen Moment lang totenstill, bevor sie den Kopf in einem Lachen zurückwarf.

»Nun, dann klingt es, als hättest du jetzt deinen Kopf richtig aufgesetzt.« Ihr Handy vibrierte dort, wo sie es auf den Tisch gelegt hatte. Sie drehte es um und schaute auf den Bildschirm. »Ich muss gehen, Liebes, aber merk dir meine Worte. Es ist nur eine Frage der Zeit«, sagte sie nachdrücklich.

Nachdem Opal gegangen war, aßen Zoe und ich in angenehmer Stille zu Ende. Unser Kellner räumte unsere Teller ab und brachte die Rechnung. Erst dann bezog ich mich auf Opals Kommentare. »Ich werde Reibungsverbrennungen auf meiner Zunge bekommen, wenn ich wieder hier bin.«

Zoe kicherte. »Was willst du machen? Ignorier es einfach.«

»Leicht für dich zu sagen«, konterte ich.

»Ich weiß. Ich bin nicht diejenige mit dem Gewicht des Schicksals auf den Schultern. Ich sage nur, es ist, wie es ist.«

»Ich weiß.« Ich wechselte das Thema. »Also ernsthaft, glaubst du, dass Alvins Tod nur ein Unfall war?«

Zoe schwieg einen Moment, bevor sie mit den Schultern zuckte. »Ich glaube nicht. Ich denke, es ist nur eine Frage der Zeit, bis wir herausfinden, wer und warum.«

Meine Finger kribbelten bei diesem Gedanken. »Tu mir einen Gefallen. Halte mich auf dem Laufenden über das, was du von Daniel hörst. Ich werde ein bisschen eigene Nachforschungen anstellen.«

KAPITEL NEUN

Nach dem Mittagessen mit Zoe ging ich zurück zu meinem Auto und überlegte, was ich tun sollte. Ich musste meine berufliche Situation klären. Allerdings fühlte ich mich nicht besonders motiviert. Gott weiß, warum ich überhaupt in die Finanzbranche gegangen war. Es war ziemlich trocken und langweilig. Ich wusste, wenn ich in meiner Familie herumfragen würde, würde ich von allen Seiten Angebote bekommen. Tante Lea wäre glücklich, mich bei Persnickety Potions & Gifts arbeiten zu haben, und meine Mutter würde sich freuen, wenn ich ihr bei der Immobilienverwaltung helfen würde. Unsere Familie besaß viele Häuser und Geschäfte in der Stadt, so viele, dass meine Mutter schließlich die Verwaltung formalisiert hatte, weil es sonst zu schwierig war. Aber ich war noch nicht ganz bereit, eine Entscheidung zu treffen.

Spontan wandte ich mich von meinem Auto ab, als ich dort ankam, und ging über die Straße zum Stadtpark. Als ich durch den schmiedeeisernen Eingang trat, schaute ich mich um. Der Park selbst war wahrscheinlich einen halben Kilometer im Quadrat groß. Das war typisch für kleine Städte in Neuengland. Er war auf allen Seiten von dekorativen schmiedeeisernen Zäunen mit Granitpfosten umgeben. Es gab vier Eingänge – einen in der Mitte jeder Seite mit einem Bogen darüber. Der Rabe war ein Symbol für die Stadt, und dekorative Raben waren an verschiedenen Stellen im Park angebracht.

Als wäre er allein durch Gedanken herbeigerufen worden, flog ein Rabe an mir vorbei, krächzte und landete auf einer Granitbank in der Nähe. In jeder Ecke des Parks befand sich ein kleiner Garten mit Bänken, Blumen und Sträuchern. Hohe Eichen und Birken waren über den Park verstreut. Genau in der Mitte, eigentlich nur für Weihnachten, stand eine riesige Balsamtanne. Ich atmete tief ein und sog den frischen Duft von Balsam ein. Es erinnerte mich an Zuhause, und ein Gefühl der Erleichterung durchströmte mich.

Denn egal was passierte, Charm Cove würde immer mein Zuhause sein. Meine Füße folgten dem Schieferpfad, der sich durch Blumenbeete schlängelte, die bald voller Farben sein würden. Ich ging an der Balsamtanne in der Mitte vorbei zur gegenüberliegenden Seite, wo der große Granit-Wassertrog stand. Er war breit und flach. Das allein machte es verblüffend, dass Alvin tatsächlich ertrunken war. Er war vielleicht 60 Zentimeter tief, etwa 1,80 Meter lang und 1,20 Meter breit. Er stammte aus einer Zeit, als alles dekorativ gestaltet wurde. Er war aus lavendelfarbenem Granit gehauen, wobei der sanfte Lavendelton im Sonnenlicht heller wirkte. Die Sonne funkelte auf dem Wasser.

Im Moment waren nicht allzu viele Leute unterwegs. Ein Paar saß auf einer der Bänke in der Ecke und genoss seinen Kaffee, und ein paar Kinder spielten auf der anderen Seite und fuhren auf ihren Dreirädern herum.

Es war schwer zu glauben, dass Alvin hier hineingefallen und ertrunken war. Einerseits bestand die Möglichkeit, dass er einfach betrunken war und auf dem Heimweg gestolpert ist. Doch er hätte seinen Kopf leicht aus dem Wasser heben können, es sei denn, er wurde bei seinem Sturz bewusstlos oder war einfach zu betrunken.

Ich drehte mich langsam im Kreis und betrachtete die verschiedenen Geschäfte, die den Park umgaben. Sie befanden sich auf allen Seiten. Neben Persnickety Potions & Gifts gab es eine Reihe kleiner Geschenkläden, einige Schmuckläden, Kunstgalerien, Bekleidungsgeschäfte und Restaurants. Es gab sogar eine alte Druckerei, die angeblich das älteste offizielle Geschäft der Stadt war. The Ink Spot wurde

1710 gegründet, lange vor dem Unabhängigkeitskrieg. Dieselbe Familie führte es noch heute. Die Familie Bishop war wahrscheinlich die drittstärkste Hexenfamilie in der Gegend.

Sie waren auf der Höhe der Hysterie unten in Salem hierher geflohen. Damals galten sie als ziemlich fortschrittlich. Deshalb hatten sie ihre Druckerei gegründet. Sie verbreiteten Nachrichten in ganz Neuengland mit Schmähschriften gegen die religiöse, puritanische Hysterie im Süden.

Es gab auch Enchanted Spirits, eine sehr beliebte Bar und eine, die wahrscheinlich von Alvin frequentiert wurde. Meine Augen landeten wieder auf dem Pferdetrog oder besser gesagt dem Brunnen, wie er jetzt war. Ich fuhr mit den Fingern über einen seiner Ränder und fragte mich, ob ich ein Gefühl dafür bekommen könnte, was passiert sein könnte. Ich spürte nichts mehr als ein Kribbeln in meinen Fingern. Ich musste unwillkürlich an Leas Kommentar über Mémés Kräfte und die Möglichkeit denken, dass ich einen Hauch davon haben könnte.

Mit einem Kopfschütteln ging ich, mit der Absicht, ein wenig Klatsch-Aufklärung zu betreiben.

KAPITEL ZEHN

Als ich später am Abend nach Hause kam, bekam ich fast einen Herzinfarkt, als ich die Tür zum Kutschenhaus öffnete und Ghost mir wieder auf den Kopf fiel. Ich wirbelte herum, um ihn anzusehen, während er quer durch den Raum huschte. Er ließ sich auf dem Boden nieder, sein Schwanz zuckte gleichmäßig hin und her. Er war wirklich wunderschön mit seinem schneeweißen Fell, das fast zu leuchten schien. Seine leuchtend grünen Augen waren gerade auf mich gerichtet mit einem Ausdruck, den ich nur als wütend beschreiben konnte.

»Hey, ich wohne jetzt hier. Wir müssen einen Weg finden, in Frieden miteinander auszukommen. Frieden bedeutet nicht, dass du mir jedes Mal auf den Kopf springst, wenn ich zur Tür hereinkomme«, erklärte ich.

Ghosts einzige Antwort war, weiterhin mit seinem Schwanz zu zucken. Ich drehte mich weg, hängte meine Jacke auf und warf meine Schlüssel und Handtasche auf einen kleinen Tisch neben der Tür. Ich ging zum Kühlschrank, zog ihn auf und seufzte, als ich feststellte, dass er völlig leer war.

Ein schneller Einkauf war angesagt. Ich holte meine Schlüssel, warf mir die Jacke wieder über und machte mich auf den Weg. In kürzester Zeit deckte ich mich im Supermarkt ein. Ich stand in der Schlange, als ich meinen Namen hörte. Ich drehte mich um und entdeckte Isobel Martin hinter mir in der Schlange. Isobel sah fast genauso aus wie beim letzten Mal, als ich sie gesehen hatte, mit ihrem braunen Haar in einem kurzen Bob, nur mit etwas mehr Grau darin. Sie sah immer aus, als wäre sie gerade erschrocken – mit großen, runden braunen Augen.

»Ich habe gehört, du bist zurückgezogen«, sagte Isobel zur Begrüßung. »Es ist gut, dass du hier bist. Bei allem, was gerade mit Alvin passiert ist, wissen wir wenigstens, dass du unschuldig bist.«

So viel zu höflicher Konversation. Sie stürzte sich direkt auf den möglichen Mord in der Stadt. Innerlich seufzte ich. Isobel war unerbittlich neugierig. Ihre Familie gehörte auch zur Hexenwelt, aber ihnen fehlte die Disziplin, um ihre Kräfte zu verbessern und mächtiger zu werden.

Ich brachte ein höfliches Lächeln zustande und versuchte, das Gesprächsthema banaler zu halten. »Schön, dich zu sehen, Isobel.« Ich wollte gerade etwas über das Wetter sagen, als mir einfiel, dass ich vielleicht ein paar Gerüchte von ihr aufschnappen könnte.

Ich beschloss, genauso dreist zu sein wie sie zu mir. »Wer hat es deiner Meinung nach getan?«, fragte ich und stürzte mich direkt in den offensichtlichen Klatsch.

Isobels Augen weiteten sich leicht, aber sie zögerte keine Sekunde. »Oh, weißt du, wer es meiner Meinung nach war? Dolores Lewis. Du hättest sie bei der Vorstandssitzung hören sollen.«

»Welche Vorstandssitzung?«

»Oh, die, bei der sie die Änderungen der Flächennutzung bekannt gegeben haben. Sie ist völlig ausgerastet wegen Alvin. Ich meine, es war, als hätte sie ihre guten Manieren komplett verloren. Und du weißt ja, wie sie ist. Sie ist ein bisschen rau um die Kanten, wenn du weißt, was ich meine. Ich würde es ihr absolut *nicht* zutrauen, dass sie hinter ihm her ist. Ich konnte nicht mal verstehen, warum sie so aufgebracht war. Ich meine, sie haben ein Geschäft. Sie werden nicht so viel Änderung bei ihren Steuern sehen. Einige von uns... ich meine, na ja, wir werden viel härter getroffen«, sagte sie mit einem verschwörerischen Nicken. »Aber hey, das hast du nicht von mir gehört, okay?«

»Oh, ich würde nichts sagen. Ich war nur neugierig. Ich war in letzter Zeit nicht viel hier, also versuche ich nur, mich auf den neuesten Stand zu bringen. Es ist ein bisschen verrückt, nach Hause zu kommen, genau wenn die Leute denken, dass gerade ein Mord passiert ist«, antwortete ich, erfreut darüber, wie leicht sie dieses Häppchen angeboten hatte.

Isobel nickte und begann dann, über irgendetwas anderes mit ihrem Gartenclub zu plappern. Der Nachteil beim Versuch zu tratschen: Die Leute wollten dir alles Mögliche erzählen. Ich ging nicht viel später und überlegte, wie ich mehr über Dolores Lewis herausfinden könnte. Sie war dafür bekannt, bei Stadtversammlungen offen ihre Meinung zu sagen, aber nicht dafür, die Beherrschung zu verlieren. Sie stand definitiv auf der „Vielleicht"-Liste.

Nachdem ich meinen Einkauf beendet hatte, kehrte ich nach Hause zurück und fand die Haustür des Kutschenhauses weit offen und keine Spur von Ghost.

»Ghost!«, rief ich in die Bäume draußen. Das Haus meiner Eltern war in der Nähe, aber nicht zu nahe. Es gab eigentlich niemanden sonst in der Umgebung, der mich hören könnte. Trotzdem änderte es nichts an der Tatsache, dass ich mich ziemlich albern fühlte, nach Ghost in den Bäumen zu rufen. Nichts als der Wind pfiff mir zurück. Die Sonne ging in der Ferne unter, ihre Strahlen fielen in Richtung Ozean und färbten den Himmel in Rot- und Orangetönen.

Ich überlegte, ob ich die Tür für Ghost offenlassen sollte oder nicht, und ging wieder hinein. Die Frühlingsabende in Maine waren kühl. Ich wusste nicht, ob Ghost es gewohnt war, draußen zu sein oder nicht. Nicht zum ersten Mal war ich ein wenig genervt, dass meine Mutter ihn mir vermacht hatte. Ich mochte Katzen durchaus, es ging mehr darum, wie anmaßend sie sein konnte. Obwohl ich erst eine Nacht hier verbracht hatte, genoss ich seine mürrische Gesellschaft irgendwie.

Ich beschloss, meine Mutter anzurufen. »Irgendeine Ahnung, wo Ghost ist?«, fragte ich, sobald sie antwortete.

»Was ist passiert, Liebes?«

»Ich kam nach Hause, die Tür war offen und Ghost war weg«, erklärte ich einfach.

Meine Mutter kicherte leise. »Dieser Ghost. Er ist brillant. Das Regal, das du an der Tür hast, macht es ihm leicht, die Tür zu öffnen.

Er springt runter und stößt die Türklinke mit seinen Pfoten an, gerade genug, um sie aufzustoßen. So ist er wahrscheinlich rausgekommen. Lass einfach ein Fenster offen, und er wird morgen zurückkommen. Mach dir keine Sorgen. Er ist immer noch ein bisschen wild.«

»Verstanden. Na gut, wenn du ihn siehst, lass es mich wissen.«

»Natürlich. Wie war dein Tag?«

»Er war gut, Mama. Und deiner?«

»Beschäftigt. Lass es mich wissen, wenn du möchtest, dass ich dir etwas Arbeit bei der Immobilienfirma besorge.«

»Das werde ich. Ich denke noch über meine Möglichkeiten nach.« Da ich ihr keine Gelegenheit geben wollte, weiter und weiter zu reden, sagte ich: »Ich bin gerade mit Lebensmitteln nach Hause gekommen, also muss ich los.«

Mit einem Kopfschütteln beendete ich mein Gespräch und machte mir etwas zu essen. Das Kutschenhaus war ruhig, viel ruhiger, als ich es in den letzten Jahren in New York City gewohnt war. Selbst wenn du in einer Wohnung dort ganz allein bist, ist das Treiben und der Lärm draußen immer präsent. Nicht so hier in Charm Cove. Frieden und Ruhe waren nicht schwer zu finden.

KAPITEL ELF

Ich schlief ein und ließ ein Fenster für Ghost offen. Als ich am nächsten Morgen aufwachte, gab es immer noch keine Spur von ihm. Ich beschloss, in die Stadt zu fahren, um meine Mutter zu finden und irgendwo einen Kaffee zu trinken.

Als ich in der Schlange bei Magic Beans stand, erschrak ich, als jemand meinen Namen sagte. Als ich mich umdrehte, stand Liam in der Tür des Cafés mit Ghost in seinen Armen. Er hob sein Kinn leicht an, um mir zu signalisieren, dass ich rüberkommen sollte, da er Ghost nicht mit ins Café nehmen konnte.

Ich verließ die Schlange und folgte ihm nach draußen. »Wo hast du Ghost gefunden?«

»Er ist gestern Abend bei mir aufgetaucht. Ich habe ihn zu deiner Mutter zurückgebracht, aber sie meinte, er gehört jetzt dir«, erklärte er schlicht.

In mir flackerte Ärger auf. Ich wusste genau, was meine Mutter vorhatte. Meine Vermutung war, dass Ghost nicht einmal daran gewöhnt war, im Kutscherhaus zu leben. Sie hatte das wahrscheinlich alles eingefädelt, damit Liam und ich uns zufällig begegnen.

»Warum sollte er bei dir sein? Wo wohnst du überhaupt?«, fragte ich, und die Gereiztheit in meinem Ton war deutlich zu hören.

Liam sah einen Moment lang verwirrt aus, dann klärte sich sein Blick. »Du wusstest nicht, dass ich das alte Hausmeisterhäuschen auf dem Grundstück deiner Eltern gemietet habe?«

Ach du liebe Zeit. So lächerlich war meine Mutter. Liam wohnte einen Steinwurf von mir entfernt, und sie musste definitiv gewusst haben, dass er dorthin ziehen würde, noch bevor ich meinen Job verlor und beschloss, nach Hause zu kommen.

Während ich dort stand, war er still. »Ich nehme an, du wusstest es nicht. Als ich dich vor zwei Wochen gesehen habe, wollte ich dir sagen, dass ich dort wohnen würde. Ich wollte nicht, dass es unangenehm für dich wird.«

Mein Mund öffnete und schloss sich, und ich spürte, wie meine Wangen heiß wurden. »Unangenehm, warum sollte es unangenehm sein?«, sagte ich, nur um ihn zu ärgern.

Totaler Reinfall. Liam hob lediglich eine Augenbraue.

Es gab keinen Grund, warum das ein Problem sein sollte. Charm Cove war klein, egal wie man es betrachtete. Es musste überhaupt keine Rolle spielen, dass Liam zufällig drei Minuten von meiner Unterkunft entfernt wohnte.

Als er bemerkte, dass ich keine weiteren Worte hervorbringen konnte, fuhr er fort: »Soll ich ihn für dich beim Kutscherhaus absetzen? Es ist kein Umweg für mich.«

Ich schaute zu Ghost, der entspannt in Liams Armen lag. »Ich kann ihn mitnehmen«, bot ich an.

»Er dreht im Auto ein bisschen durch«, warnte Liam.

»Ich bin sicher, ich komme damit klar.«

Ich streckte die Hand nach Ghost aus, aber er kuschelte sich tiefer in Liams Brust. Liam versuchte, Ghost zu übergeben, aber Ghost wollte nichts davon wissen und vergrub seine Krallen in Liams Jeansjacke, um sich festzuhalten.

Liam lachte leise. »Ich bringe ihn dann wohl besser selbst hin.«

Es fühlte sich nicht richtig an, Liam allein mit Ghost zum Kutscherhaus fahren zu lassen, nicht so. »Ich folge dir«, sagte ich schnell. »So kann ich sicherstellen, dass ich diesmal abschließe, bevor ich gehe. Wie wäre es, wenn ich uns vorher noch Kaffee besorge?«

Liams eisblaue Augen hielten meine für ein paar Sekunden fest, bevor er nickte. »Schwarz, bitte. Kein Zucker oder Sahne.«

Ich wusste sehr genau, dass er seinen Kaffee schwarz trank. Es ärgerte mich fast, dass er es für nötig hielt, mich daran zu erinnern. Aber ich würde das nicht laut sagen.

»Klar. Ich treffe dich in ein paar Minuten dort.«

Kurz darauf hatte ich zwei Kaffees zum Mitnehmen und fuhr zurück zum Kutscherhaus. Liam fuhr einen glänzenden schwarzen Pickup. Natürlich. Ich fragte mich kurz, warum er sich entschieden hatte, nach Charm Cove zurückzukehren. Obwohl ich versucht hatte, den Klatsch über seine Ehe zu ignorieren, wusste ich, dass er in Boston eine Filiale des Investmentunternehmens seiner Familie leitete. Genau wie die Wickeds hatten die Goods überall in Neuengland ihre Finger im Spiel, wenn es um Geld und Geschäfte ging.

Liam stand mit Ghost noch immer in den Armen vor der Tür. Ich sagte kein Wort, als ich sie erreichte. Ich schloss einfach die Tür auf und ließ sie eintreten. Ghost sprang endlich aus Liams Armen und rannte direkt in die Ecke, wo eine Schüssel mit Futter und Wasser stand. Meine Mutter hatte dafür gesorgt, dass Futter für Ghost da war. Natürlich hatte sie den Kühlschrank nicht für mich gefüllt, aber damit konnte sie ja auch kein Spiel spielen.

Liam war einen Moment lang still, schob die Hände in die Taschen und wippte auf seinen Fersen. »Also, bist du hier, um zu bleiben?«, fragte er schließlich.

»Ich bin mir nicht sicher. Und du?«

Er nickte. »Ich schon.«

Er war nie besonders gesprächig gewesen, was mich manchmal in den Wahnsinn trieb. Nach dem Vorfall, als ich versehentlich ein Gebäude niedergebrannt hatte, hatten wir nicht viel geredet. Gerade jetzt verspürte ich das Bedürfnis, die Luft so gut wie möglich zu reinigen.

»Hör mal, ich weiß, ich habe mich schon mal entschuldigt, aber ich möchte es noch einmal betonen. Ich war jung und dumm. Ich wollte nie...«

Liam schüttelte scharf den Kopf. Sobald meine Worte verstummten, sprach er. »Es war, wie es war. Niemand wurde verletzt. Ich habe danach einige Fehler gemacht, vor allem, dass ich Vanessa geheiratet habe. Wenn ich ehrlich bin, war ich wütend auf dich und dachte, ich könnte allen beweisen, dass unser Schicksal nicht das war, was alle dachten. Ich bin mir da immer noch nicht sicher, aber ich habe genug Verstand, um zu wissen, dass es nicht klug ist, jemand anderen zu heiraten, nur um etwas zu beweisen.«

Vor Staunen verstummt, konnte ich ihn nur anstarren. Nach einem Moment gab ich mir innerlich einen Ruck. »Nun, ich denke, wir haben beide einige dumme Dinge getan. Ich auf jeden Fall. Ich hoffe, es geht dir jetzt gut. Ich will nur das Beste für dich. Natürlich.«

Er nickte, sein Blick wich keinen Moment von meinem. Es fühlte sich an, als könnte er direkt durch mich hindurchsehen. Ich fühlte mich innerlich nervös und unwohl unter der Hitze seines Blicks. Ich drehte mich weg und ging unruhig zu den Fenstern, um nach Ghost zu sehen.

»Nun, wir sind nicht viel älter, aber es klingt, als wären wir beide ein bisschen klüger geworden«, fügte ich hinzu. Ich konnte nicht laut aussprechen, was ich wirklich dachte, nämlich dass es verrückt war, dass es nur einen Mann gab, der mich so berührte wie er. Ich hatte versucht zu daten, aber es hatte sich nie richtig angefühlt. Ich vermutete, das Schwierigste war, dass ich das Gefühl hatte, die ganze Zeit etwas Wichtiges zu verbergen.

Es war nicht gerade cool, einfach zu sagen *Hey, ich bin eine Hexe. Mach dir aber keine Sorgen. Ich habe nur einmal einen Zauber vermasselt.* Natürlich gab es keinen Grund, so etwas zu Liam zu sagen. Doch außerhalb von Charm Cove war Daten wie das Wandern durch ein Minenfeld, bei dem man versuchte, nicht versehentlich über Magie und darüber, wer ich wirklich war, zu stolpern.

Ich zwang mich, tief durchzuatmen und mich umzudrehen, um Liam anzusehen. »Ich bin froh, dass du zu Hause bist, wenn das der Ort ist, an dem du sein willst.«

Er nickte, seine Augen musterten mich. »Ich vermute, du bist auch endgültig zurück.«

»Warum sagst du das?«

»Weil ich weiß, wie es ist, zu versuchen, woanders zu leben. Es ist nicht so einfach. Glaub mir, es gibt hier viele Dinge, die mich wahnsinnig machen. Genau wie wir uns früher immer beklagt haben. Aber es ändert nichts daran, wer wir sind.«

KAPITEL ZWÖLF

Am folgenden Abend ging ich den Schieferpfad zum Haus meiner Eltern hinauf. Meine Mutter hatte mich eingeladen, oder eher gesagt verlangt, dass ich zum Abendessen mit ihr und Tante Lea komme. Mein Vater war geschäftlich in Boston unterwegs, und sie lud oft Freunde und Familie ein, wenn er nicht da war. Eigentlich hatte sie ständig Besuch. Es war nur so, dass mein Vater gelegentlich um etwas Ruhe und Frieden bat. Ich verehrte meinen Vater, aber er war definitiv das ruhigere Mitglied unserer Familie.

Mein Elternhaus lag auf einer Anhöhe über dem Wasser. Charm Cove und sein kleiner Hafen waren vom Haus aus deutlich zu sehen. Es war ein altes Kolonialhaus, das in den 1700er Jahren erbaut wurde. Es war im Laufe der Jahre modernisiert worden und hatte neue salbeigrüne Außenverkleidung mit einem kirschroten Edelstahldach. Das leuchtend rote Dach machte es unmöglich, das Haus aus der Ferne zu übersehen.

Ich trat durch den Haupteingang in eine große Diele. Eine geschwungene Treppe mit einem wunderschönen Geländer verlief an einer Seite entlang der Wand. Das Hinunterrutschen am Treppengeländer war eine meiner liebsten Kindheitsaktivitäten gewesen. Die Treppe führte zu einem Flur mit Schlafzimmern und einem Kinderzimmer. Auf der einen Seite der Diele befanden sich eine riesige Küche und ein Esszimmer. Auf der anderen Seite gab es einen formellen Salon und ein kleineres Wohnzimmer. Das Innere des Hauses war ebenfalls modernisiert worden, obwohl das klassische Gefühl des Hauses erhalten geblieben war. Kastanienholzböden zogen sich durch das gesamte Haus, zu einem Glanz poliert durch mehrere Jahrhunderte des Wachsens. Fenster, so hoch, dass man darin stehen konnte, säumten jede Wand. Die Wände waren in einem Taubengrau gestrichen, mit Pastellakzentfarben im ganzen Haus.

Dem Klang der Stimmen folgend, fand ich in der Küche meine Mutter am Herd und Tante Lea, die auf einem Hocker an der Theke saß und an einem Glas Wein nippte. Zwei meiner jüngeren Cousinen, Tante Leas Teenagertöchter, saßen an einem kleinen Tisch in der Ecke und spielten Karten. Celia und Delia waren eineiige Zwillinge und voller Unfug.

Die Küche war einer meiner Lieblingsorte im Haus, wenn auch nur, weil ich als Kind so viel Zeit hier verbracht hatte. In der Mitte des Raumes stand eine riesige Kücheninsel. Sie war ursprünglich nichts weiter als eine Arbeitsstation gewesen, doch meine Mutter hatte sie mit einer wunderschönen blau gefliesten Arbeitsplatte aufgewertet und den Herd auf die Insel verlegt. Um ihre Kanten herum standen Hocker verstreut.

An der Wand hinter der Theke befand sich ein Holzofen, der noch immer in Gebrauch war. Meine Mutter schwor Stein und Bein, dass sie darin besser backen konnte. Obwohl sie auch einen normalen Propangasofen auf der anderen Seite der Spüle installiert hatte. Eine altmodische Schieferspüle befand sich zwischen den beiden Öfen, mit einem doppelt breiten Fenster dahinter, das einen herrlichen Blick auf den hinteren Rasen und die Bucht in der Ferne bot.

»Hallo, Liebes«, rief mir meine Mutter zu, als ich die Küche betrat. Sie rührte in einem riesigen Topf auf dem Herd.

Tante Lea stand auf und hüllte mich in eine ihrer Umarmungen. »So froh, dass du zu Hause bist, Moira.«

Ich begann mich zu fragen, ob sie das jetzt jedes Mal sagen würde, wenn sie mich sah, obwohl sie wusste, dass ich noch keine endgültige

Entscheidung getroffen hatte, ob ich über die kurze Frist hinaus bleiben würde.

»Hi, Tante Lea«, erwiderte ich, drückte sie und gab ihr einen Kuss auf die Wange.

Ich schlüpfte aus meiner Jacke, hängte sie über die Rückenlehne eines der Hocker an der Theke und ließ mich auf den Hocker gleiten. Ich nahm dankbar das Glas Wein an, das Tante Lea mir einschenkte, und blickte zu meiner Mutter hinüber. »Was kochst du da?«

»Muschelsuppe.«

Ich entdeckte einen anderen Topf, der im Hintergrund köchelte, und vermutete, dass es sich um eine von Mutters Mixturen handelte. Sie stellte immer irgendetwas her. »Und das?«, fragte ich und deutete mit dem Kinn in diese Richtung.

Meine Mutter blitzte ein Lächeln. »Nur ein Mittel gegen Rückenschmerzen. Nichts weiter.«

Ich rief Celia und Delia einen Gruß zu. Sie drehten sich wie eins um und strahlten unisono. Sie waren sich im Aussehen so ähnlich, dass niemand außerhalb unserer Familie sie auseinanderhalten konnte. Sie hatten ihr glänzendes dunkles Haar von meiner Seite der Familie geerbt und ihre blauen Augen von ihrem Vater. Nachdem sie Hallo gesagt hatten, wandten sie sich sofort wieder ihrem Kartenspiel zu.

Ich blickte zu Tante Lea und nahm einen Schluck von meinem Wein. »Wie geht es den Mädchen eigentlich? Ich sehe, dass sie jetzt im Laden arbeiten.«

Sie nickte. »Natürlich. Es ist der beste Weg für sie zu lernen. Obwohl, ich schwöre, sie treiben ständig Unfug. Wenn irgendjemand uns hier Ärger einbringen wird, dann werden sie es sein. Sie haben letzte Woche einen Lachzauber auf Isobel Martin gewirkt, als sie vorbeikam.«

Ich kicherte. »Na ja, ich bin sicher, sie fanden es lustig.«

Tante Lea verdrehte die Augen. »Natürlich taten sie das. Ich hätte nie gedacht, dass irgendwelche zwei mehr Unfug anstellen würden als du und ihre ältere Schwester, aber diese beiden setzen dem Ganzen die Krone auf. Ich vermute, es liegt daran, dass sie Zwillinge sind.«

»Vielleicht, obwohl die meisten Dreizehnjährigen zu irgendeiner Art von Unfug neigen.«

»Stimmt, aber die meisten Dreizehnjährigen sind keine Hexen«, fügte meine Mutter trocken hinzu.

Wie es bei Tante Lea und meiner Mutter immer der Fall war, zögerten sie nicht, direkt auf das zu kommen, worüber sie reden wollten. »Also, hast du etwas gehört?«, fragte Tante Lea.

»Lass mich raten, du fragst nach Alvin«, antwortete ich.

Meine Mutter blitzte ein weiteres Lächeln, als sie den Brenner ausschaltete. »Aber natürlich.«

»Nicht sehr viel. Obwohl ich neulich im Lebensmittelgeschäft auf Isobel gestoßen bin. Sie denkt, es könnte Dolores Lewis sein. Sie sagte, Dolores war wütend bei der letzten Bebauungsausschusssitzung, der, bei der sie Bebauungsänderungen ankündigten. War eine von euch beiden zufällig dort?«

Meine Mutter griff nach der Weinflasche und schenkte sich ein Glas ein, während sie den Kopf schüttelte. Mit dem Wein in der Hand drehte sie sich um, um nach dem frischen Brot im Ofen zu sehen. Der himmlische Duft durchströmte die Küche, als sie den Ofen öffnete. Ich konnte nicht widerstehen, tief einzuatmen und den Duft von frisch gebackenem Brot und den dezenten Hauch von Holzrauch zu genießen.

»Lea war dort«, bemerkte meine Mutter. Sie zog das Brot aus dem Ofen und blickte über ihre Schulter. »Du hast dich das Gleiche gefragt, oder?«

Tante Lea beendete einen Schluck ihres Weins. »Nun, Dolores war sicherlich aufgebracht, also war das auch mein erster Gedanke. Aber dann erwähnte Jacob, dass er einen Zauber gespürt hatte. Ich dachte etwas mehr über Dolores nach, und ich bin mir einfach nicht sicher, ob es viel bedeutet, wenn sie sich aufregt. Sie macht bei jeder dieser Ausschusssitzungen einen Aufstand, egal worum es geht. Jedes einzelne Mal ist sie über etwas verärgert. Also stimmt es, dass sie aufgebracht war. Ich weiß nur nicht, ob das viel mehr bedeutet als das. Ich meine, mein Wort, wenn es das täte, hätte sie inzwischen jedes Bebauungsausschussmitglied und alle Gemeinderäte umgebracht«, sagte sie mit einem eleganten Achselzucken.

Meine Mutter legte zwei frische Brotlaibe auf ein Holzschneidebrett. »Das stimmt über Dolores. Du gehst öfter zu diesen Sitzungen als ich. Die letzte, an der ich vor ein paar Monaten teilnahm, war die, bei der es um die Finanzierung für die Bibliothek ging. Darüber war sie auch wütend. Aber keines der Bibliotheksplanungsausschussmitglieder endete ertrunken im Brunnen.«

Ich schaute zwischen ihnen hin und her und hielt inne, um einen Schluck von meinem Wein zu nehmen. »Nun, wer war sonst noch verärgert über die Bebauungsänderungen?«

Meine Mutter warf einen Blick zu den Zwillingen, bevor sie anfing, das Brot zu schneiden. »Mädchen, das Abendessen ist fertig. Ihr müsst euch nicht zu uns gesellen. Ihr könnt weiter Karten spielen.«

Ein weiteres Problem für die Zwillinge war, dass sie völlig verwöhnt waren. Für meine Generation von Cousins waren sie die Jüngsten. Sie waren eine Überraschung für Tante Lea und Onkel Jacob gewesen. Der Rest von uns war bereits im Teenageralter, als sie geboren wurden. Dies führte zu dem unbeabsichtigten Nebeneffekt, dass unsere Eltern alle von ihren Teenagern genervt und glücklich waren, ein süßes Zwillingspaar zu haben, das sie verwöhnen konnten.

Jetzt waren sie die teuflischen Teenager mal zwei. Sie standen vom Tisch auf und eilten zur Theke. Meine Mutter schöpfte Muschelsuppe in Schüsseln für sie und reichte ihnen Scheiben von frisch gebackenem Brot, bevor sie sie zurück zum Tisch in der Ecke scheuchte.

Sobald Celia und Delia sich wieder auf ihr Kartenspiel konzentrierten, bediente meine Mutter den Rest von uns, und wir setzten uns zum Essen. Ich genoss einen Bissen der Muschelsuppe, schaute zwischen meiner Mutter und Tante Lea hin und her und griff den Faden unseres Gesprächs auf. »Also, wer war sonst noch wütend? Es ist vernünftig anzunehmen, dass das der logische Ausgangspunkt ist.«

Nachdem sie einen Bissen beendet hatte, legte meine Mutter ihren Löffel ab und trommelte mit ihren Fingerspitzen auf den Tisch. »Nun, die Ouellettes waren ziemlich verärgert. Die halbe Familie war bei der Bebauungsausschusssitzung, wie ich gehört habe.«

»Oh, du meinst die Ouellettes, die das Holzgeschäft gleich hinter der Innenstadt besitzen?«

Tante Lea nickte. »Oh ja. Sie waren ziemlich verärgert. Hauptsächlich, weil sie so viel Land besitzen. Wie man es auch dreht und wendet, und ich habe das bei der Ausschusssitzung auch gesagt, sie sind seit

Jahren mit einer lächerlich niedrigen Steuerrechnung davongekommen. Ihr Grundstück hätte schon vor etwa zwei Jahrhunderten als Gewerbegebiet ausgewiesen werden sollen«, sagte sie mit einem Schnauben.

Ich konnte nicht anders als zu lachen. »Trotzdem bedeutet das nicht, dass sie sich freuen werden, wenn ihre Steuern um ein Drittel steigen. Ich kann mich nicht erinnern. Sie sind keine Hexenfamilie, oder? Sie sind schon ewig hier.«

Meine Mutter schüttelte schnell den Kopf. »Auf keinen Fall. Sie sind seit Urzeiten in Charm Cove, aber sie haben keine Kräfte.«

Tante Lea mischte sich ein. »Es ist aber fair zu sagen, dass sie lange genug hier sind, um zu wissen, wer Kräfte hat. Sie waren immer ein wenig neidisch und verbittert deswegen. Ich meine, sie sind immer glücklich, auf den Gerüchtezug aufzuspringen, wenn es Probleme zwischen uns und den Goods gab.«

Da hatte sie einen Punkt. Die Ouellettes waren eine große Familie und oft mittendrin bei allem, was in der Stadt vor sich ging, glücklich, Gerüchte zu verbreiten und Klatsch auszutauschen.

Die Zwillinge riefen unisono vom Tisch herüber und erinnerten uns daran, dass sie ganz sicher aufpassten. »Vergesst nicht, wir sind auch Goods.«

Tante Lea schaute über ihre Schulter. »Natürlich seid ihr das. Ihr seid auch Wickeds, und vergesst nicht, woher eure Kraft kommt.«

Bis heute wusste ich nicht, ob es wahr war, aber der Legende nach wurden alle Kräfte über die mütterliche Seite der Familie vererbt. Also während Männer sehr mächtige Hexenmeister werden konnten und wurden, konnten sie dies nur, wenn ihre Mutter zufällig eine Hexe gewesen war. In dieser Hinsicht würden die Zwillinge alle Kräfte von Tante Lea erben, nicht von ihrem Hexenmeister-Vater.

Die Zwillinge lächelten einfach und kehrten sofort zu ihren Karten zurück.

»Nun, da du deine Finger praktisch in jeder Immobilie in der Stadt hast, wäre es vernünftig, wenn du dich nach den Ouellettes umhören würdest. In der Zwischenzeit, auch wenn wir nicht glauben, dass Dolores etwas damit zu tun hatte, könnten wir auch das überprüfen.

Ich werde Zoe fragen, was Daniel weiß, und es von dort aus weitersehen«, sagte ich mit einem Nicken zu meiner Mutter.

»Perfekt«, sagte meine Mutter, bevor sie in ihre Suppe eintauchte. Das Gespräch ging weiter, und irgendwann kam das absolut vorhersehbare Thema meiner Pläne auf. Ich wäre bereit gewesen, Geld zu wetten – eine Menge davon –, dass sie nicht aufhören würden, darüber zu reden, bis ich Liam meine ewige Liebe versprochen und auf meine Seele geschworen hätte, dass ich Charm Cove nie verlassen würde.

»Hast du dich also entschieden?«, fragte meine Mutter.

»Entschieden was?«, entgegnete ich und beschloss, sie ein wenig zu reizen, indem ich mich dumm stellte.

Tante Lea verdrehte die Augen. »Du weißt genau, wonach deine Mutter fragt.«

»Nun, ich bin jetzt hier. Also ist mein Plan, dass ich jetzt hier bin.«

»Was wirst du arbeiten?«, fragte meine Mutter als Nächstes, unbeeindruckt von meiner vagen Antwort.

»Ich schaue mir ein paar Optionen in Boston an.«

Stille senkte sich herab. Der Klang der Zwillinge, die Karten spielten und sich gegenseitig neckten, drang zu uns herüber.

Die Augen meiner Mutter verengten sich. »Sei nicht lächerlich. Du versuchst, dein Erbe zu leugnen.«

»Mama, gib mir eine Pause, okay? Eine Sache, die ich aus ein paar Jahren in der Ferne gelernt habe, ist, dass ich nicht so tun kann, als wäre ich keine Hexe. Es fühlt sich an wie eine riesige Lüge. Also werde ich das nicht mehr tun. Es wäre schön, wenn ich mich entscheide zu bleiben, wenn nicht jeder sich jeden Tag in mein Leben einmischen würde. Apropos, du hättest mich darüber informieren können, dass Liam im anderen Haus auf dem Grundstück bleibt. Ghost läuft ständig zu seinem Platz rüber.«

Ein verschmitztes Grinsen breitete sich auf Tante Leas Gesicht aus. »Natürlich tut er das. Dort hat Ghost früher gelebt.«

»Bei wem?«

»Da war ein junges Paar, das diesen Ort für eine Weile gemietet hat. Sie haben sich getrennt und wollten die Katze nicht mitnehmen. Also habe ich angeboten, ihn zu behalten. Er ist es gewohnt, im alten Hausmeisterhaus zu sein, deshalb geht er wahrscheinlich immer wieder dorthin. Warum ist es wichtig, dass Liam in der Nähe ist? Es wird nicht viel anders sein, wenn er auf der anderen Seite der Stadt ist. Das ist nur zehn Minuten entfernt. Er brauchte einen Platz zum Bleiben für eine Weile, und ich tue ihm einfach einen Gefallen«, erklärte meine Mutter großmütig.

Gefallen? Pah. Ich biss mir auf die Zunge, um nicht laut loszulachen.

»Okay. Was auch immer. Wenn ihr wollt, dass ich in der Stadt bleibe, müsst ihr versprechen, eure Magie aus allem herauszuhalten, was zwischen Liam und mir ist.«

Tante Lea und meine Mutter tauschten einen Blick aus. »Gut«, sagten sie zusammen.

»Apropos Magie, ich bin neulich am Brunnen vorbeigegangen. Eure lächerliche Idee, dass ich vielleicht etwas von Mémés Kraft haben könnte, scheint unwahrscheinlich. Alles, was ich spürte, war ein Kribbeln in meinen Fingerspitzen. Das könnte ich darauf zurückführen, dass der Granit kalt war.«

Tante Lea seufzte, ziemlich dramatisch. Weil sie es genoss, dramatisch zu seufzen. »Na und? Mémé hat Jahre gebraucht, um ihre Kräfte zu entwickeln. Sei nicht so ungeduldig. Du denkst, alles kommt leicht. Das tut es nicht. Aber lass uns uns jetzt nicht darum sorgen. Lass uns herausfinden, was du beruflich machen wirst.«

KAPITEL DREIZEHN

Am nächsten Nachmittag fand ich mich in Persnickety Potions & Gifts wieder. Ich hatte widerwillig zugestimmt, den Laden am Nachmittag zu übernehmen, weil Tante Lea einen Arzttermin hatte. Celia und Delia waren angeblich hier, um mir zu helfen. In der einen Stunde, die ich bereits hier verbracht hatte, stellte ich fest, dass sie zwar großartig mit Kunden umgehen konnten, sich ansonsten aber damit beschäftigten, sich gegenseitig zu necken, an ihren Smartphones herumzuspielen und im Wesentlichen keinen Finger krumm zu machen.

»Wenn du nach etwas suchst, das deiner Ehe helfen könnte, solltest du vielleicht das hier probieren«, bot ich der freundlichen Frau an, die vor mir neben der Theke stand.

Sie war hereingekommen und hatte angekündigt, dass sie befürchte, ihr Mann hätte eine Affäre. Sie behauptete, mit einer anderen Frau gesprochen zu haben, die Charm Cove besucht und auf einen bestimmten Trank für diesen Zweck geschworen hatte. Ich fühlte mit ihr, weil sie so aufrichtig wirkte. Sie schien Mitte dreißig zu sein, mit glänzendem braunem Bob-Haar, einer schlanken Figur und großen braunen Augen, die zu ihren Haaren passten. Sie trug Jeans, schwarze Ballerinas und eine hellblaue Bluse. Ich vermutete, dass sie aus einer der Städte kam. Sie war bemerkenswert ernsthaft und offensichtlich verletzt durch ihre Sorge um ihren Ehemann. Ich wollte ihr sagen, dass es die Mühe vielleicht nicht wert sei, wenn er der Typ Mann war, der fremdging, aber das stand mir nicht zu.

Vielmehr war es meine Aufgabe, ihr ein Heilmittel namens *Mach deine Ehe besser* anzubieten. Ich wünschte, ich würde Scherze machen. Aber... naja, nicht wirklich.

Ich reichte ihr die kleine blaue Glasflasche mit dem dekorativen Etikett und wartete. Sie drehte sie in ihren Händen und las sorgfältig die Beschreibung. Ich musste mir auf die Zunge beißen, um nicht zu lachen, wann immer mein Blick auf das Etikett fiel, also schaute ich weg. Als Tante Lea dieses Familienunternehmen übernommen hatte, hatte sie alles in offensichtliche Namen umbenannt. Jetzt trugen unsere Heilmittel Titel wie: *Mach deine Ehe besser, Beende Gelenkschmerzen, Rieche besser*. Mein persönlicher Favorit: *Bist du auf jemanden wütend? Zerschmettere diese Flasche.*

Obwohl viele Menschen von den Namen amüsiert waren, verkauften sie sich wie warme Semmeln. Die freundliche Frau entschied sich, das Heilmittel zu kaufen, und schlenderte dann in die entfernte Ecke, um sich einigen Schmuck anzusehen. Einige andere Kunden bummelten herum, als ich etwas zerbrechen hörte. Celia huschte an mir vorbei in den hinteren Raum und unterdrückte ein Lachen mit ihrer Hand. Sofort wusste ich, dass sie nichts Gutes im Schilde geführt hatte. Ich stieß durch die Hintertür und fand sie und Delia an die Regale gelehnt. Sie lachten beide so stark, dass sie kaum Luft bekamen.

»Okay, Mädels, was habt ihr angestellt? Ich habe keine Zeit, hier hinten zu stehen, also rückt schnell mit der Sprache raus«, sagte ich streng.

Delia, die leicht verantwortungsbewusstere der beiden zu sein schien, fing meinen Blick auf und schluckte schließlich ihr Lachen hinunter. »Oh, es ist Frau Smitty. Sie ist so nervig. Sie war letztes Jahr meine Lehrerin, und ich konnte sie nicht ausstehen. Also haben wir einen Zerbrechzauber gewirkt.«

Ich starrte sie an und schüttelte nur den Kopf, bevor ich nach vorne zurückkehrte. Mit einer schnellen Bewegung meines Handgelenks lenkte ich ihren Zauber um.

Auf sie.

Innerhalb weniger Sekunden kam Celia aus dem hinteren Bereich gerannt, als ich hörte, wie etwas zerbrach und auf den Boden fiel.

»Was hast du getan?«, flüsterte sie mir dringend ins Ohr.

»Pass auf, was du dir wünschst«, bot ich mit einem Grinsen an.

Ich vermutete, dass sie noch nicht wussten, wie man solche Zauber umleitet. Im Großen und Ganzen konnte eine Umleitung nur bei kleinen Zaubern und von einer mächtigeren Hexe oder einem mächtigeren Hexer durchgeführt werden als demjenigen, der den Zauber ursprünglich gewirkt hatte. Delia kam von hinten heraus, um an meiner anderen Schulter zu flüstern. »Es tut uns leid. Ich verspreche, wir werden es nicht wieder tun.«

Ich blickte zwischen beiden hin und her und blieb einen Moment still. »Seid ihr sicher?«

Bei ihrem aufrichtigen Nicken verdrehte ich die Augen und drehte mich weg. Mit einer weiteren Bewegung meines Handgelenks eliminierte ich den Zauber vollständig. Auch wenn sie nichts als personifizierter Unfug waren, hatte ich etwas Mitgefühl. Alles, was ich als Teenager tun wollte, war, alberne Zauber auszuprobieren. Es war größtenteils harmlos, musste aber trotzdem eingedämmt werden. Mit den beiden zusammen konnte ich mir nur vorstellen, wie viel Unheil sie anrichten konnten.

»Helft bitte den Kunden«, sagte ich. »Ich muss die Kasse abrechnen und mich um einige Online-Bestellungen kümmern.«

Die Mädchen traten pflichtbewusst hinter der Theke hervor. Obwohl ich nie zugeben würde, dass ich gerne im Einzelhandel arbeitete, genoss ich es, wieder bei Persnickety Potions & Gifts zu sein. Es war ein Ort des Komforts für mich und leicht zu managen. Der Nachmittag verging recht schnell.

Nachdem ich die Online-Bestellungen bearbeitet und für den Versand vorbereitet hatte, stand ich wieder hinter der Theke, während die Mädchen mit Kunden plauderten. Die Sonne ging draußen unter, ihre sanften Strahlen fielen durch die Fenster in den Laden. Ich schaute hinaus, holte tief Luft und genoss den vertrauten Anblick. Charm Cove war tatsächlich recht charmant. Der Stadtpark leuchtete im Licht der untergehenden Sonne, der Himmel ein Aquarell im Hintergrund. Die malerischen historischen Häuser und Geschäfte sahen reizend aus.

Als sich die Ladenschlusszeit näherte, waren die Zwillinge gut darin, alles vorzubereiten. Nachdem der letzte Kunde gegangen war und ich die Tür abgeschlossen hatte, waren wir damit beschäftigt, die Kasse für den Tag abzurechnen und aufzuräumen. Da durchbrach ein blendender Lichtblitz die vorderen Fenster. Das Licht traf die Vitrine in der Mitte des Ladens, die mehrere Familienerbstücke enthielt, darunter ein antikes Medaillon mit einer eingeschlossenen Haarlocke. Ohne dass die Touristen, die täglich daran vorbeigingen, es wussten, war die Vitrine, in der die Gegenstände aufbewahrt wurden, durch einen Zauber geschützt.

Als der Blitz die Vitrine traf, zerbrach er das Glas und schlug in die Mitte des Medaillons ein, wodurch eine Rauchfahne in die Luft stieg. Die Zwillinge und ich erstarrten und blickten uns gegenseitig an. Ich eilte hinter der Theke hervor direkt zur Vitrine. Als ich in den Haufen zerbrochenen Glases blickte, war klar, dass alles darin sicher war, mit Ausnahme des Medaillons. Seine Hülle war versengt und rauchte noch.

Ich drehte mich um und rief den Zwillingen zu: »Bleibt genau hier.«

Schnell schloss ich die Vordertür auf und trat auf den Bürgersteig hinaus, wobei ich mich umschaute. Es waren viele Menschen auf den Bürgersteigen unterwegs, und Touristen bummelten noch immer durch die Geschäfte und Restaurants. Niemand schien unserem Laden Aufmerksamkeit zu schenken, soweit ich sehen konnte.

Gerade als ich wieder hineingehen wollte, sah ich Liam um die Ecke kommen. Sein Blick traf meinen. Er beschleunigte seinen Schritt und erreichte schnell meine Seite. »Ist alles in Ordnung?«, fragte er.

Ich mochte viele gemischte Gefühle gegenüber Liam haben, aber ich vertraute ihm. »Komm rein«, sagte ich, schob schnell meine Hand durch seinen Ellbogen und zog ihn durch die Tür in den Laden. Nachdem ich hinter uns abgeschlossen hatte, zeigte ich auf die zerbrochene Vitrine in der Mitte des Raumes.

Seine Augen weiteten sich. »Was ist passiert?«

Celia begann sofort zu plappern. »Da war ein Blitz, direkt durch das Vorderfenster. Die Vitrine zerbrach und...«

Delia stieß Celia in die Seite, und ihre Worte verliefen sich.

Liam schritt zur Vitrine und blickte hinunter. Seine Augen trafen meine, als er aufblickte, als ich seine Seite erreichte. Er sagte nichts. Ich vermutete, er hielt sich zurück, wenn auch nur, weil die Zwillinge hier waren.

Meine Familie war nicht dafür bekannt, Geheimnisse voreinander zu haben, also wusste ich sehr genau, dass die Zwillinge die Kraft jedes Gegenstandes in dieser Vitrine kannten. Aber ich wollte sie nicht erschrecken. »Mädels, wer soll euch heute Abend abholen?«

»Emma«, antworteten sie im Chor und bezogen sich auf ihre ältere Schwester und meine Cousine, genau die, mit der ich oft Unfug angestellt hatte, als wir aufwuchsen.

»Ich rufe sie an, um sie zu bitten, euch jetzt abzuholen.« Ich rief schnell Emma an, die sagte, sie würde bereits draußen vorfahren.

Innerhalb einer Minute klopfte sie an die Vordertür. Ich ging mit ihr nach hinten und erklärte schnell, was passiert war.

Emma starrte mich an, ihr Mund klappte auf, bevor sie ihn schnell wieder schloss. »Genau das, was unsere Familie braucht. Mama wird wegen der Vitrine ausflippen. Sie ist seit Jahrzehnten geschützt, und es hat nie ein Problem gegeben. Zwischen den Gerüchten über Alvin und jetzt das, stimmt etwas nicht«, sagte sie mit einem Seufzer.

»Erzähl mir davon«, erwiderte ich schnell. »Ich will die Mädchen nicht erschrecken, also dachte ich, es wäre am besten, wenn wir sie von hier wegbringen.«

Emma nickte und strich sich eine lose Strähne des dunklen Haares von der Wange. Wie ihre Schwestern hatte sie fast schwarzes Haar und blaue Augen. »Klingt nach einem Plan. Ich werde auf dem Weg nach draußen meinen Vater anrufen, damit er dich hier treffen kann.«

Innerhalb weniger Minuten war Emma mit den Zwillingen weg, und Onkel Jacob schritt durch die Vordertür herein. Jacob war groß und imposant mit silbernem Haar und hellblauen Augen. Er trug sich mit einer Aura der Autorität, geradezu vor Macht schimmernd. Für seine Generation galt er als einer der mächtigsten Hexer in Neuengland. Abgesehen von meinem eigenen Vater gab es keine anderen, die in seiner Liga spielten.

Das mag cool klingen, aber meistens war es nervig. Hexer nahmen sich selbst sehr ernst. Dies war eine häufige Beschwerde unter Hexen. Ein Hexer konnte seine Macht nur von einer Hexe erben, doch sobald sie gelernt hatten, ihre Kräfte zu nutzen, waren sie auf alle möglichen Arten nervig damit. Wie auch immer, ich schweife ab.

Jacob blickte zwischen Liam und mir hin und her, wo wir noch immer vor der zerbrochenen Vitrine standen. »Erzähl mir, was du gesehen hast«, sagte er, ohne sich überhaupt die Mühe zu machen, Hallo zu sagen.

Um meinen Standpunkt weiter zu untermauern, sie konnten ein bisschen hochnäsig sein.

Ich wiederholte die gleiche Abfolge von Ereignissen, die ich bereits Liam und Emma erzählt hatte.

»Hast du jemanden oder etwas Verdächtiges gesehen, als du draußen nachgesehen hast?«

Als ob ich es vernachlässigt hätte, das zu erwähnen, wenn ich es getan hätte. Ich hielt meine Gedanken für den Moment zurück. Ich war einmal dafür bekannt gewesen, ein vorlautes Mundwerk zu haben. Ich dachte, ich müsste mir ein wenig extra auf die Zunge beißen, bis jeder über meine Rückkehr in die Stadt hinweggekommen war. Es blieb abzuwarten, wie lange ich das durchhalten konnte, ohne dauerhafte Bremsspuren auf meiner Zunge zu hinterlassen.

Mit einem angespannten Lächeln schüttelte ich den Kopf. »Nichts, was mir aufgefallen ist. Ich hätte es erwähnt, wenn ich etwas gesehen hätte.«

Jacob nickte einfach, drehte sich um und schritt in einer geraden Linie von der Vitrine zu der Stelle, wo das Licht durch das Hauptfenster hereinkam. Er stand still vor dem Fenster, hob eine Hand und hielt seine Handfläche zum Fenster. Nach einem Moment drehte er sich zurück.

»Nicht dass du dachtest, es war ein Unfall, aber es war sicherlich keiner. Gebt mir ein paar Minuten.«

Er kehrte zurück, um vor der zerschmetterten Vitrine zu stehen.

Als er hineingreifen wollte, schaute er zu mir. »Stört es dich, wenn ich das aufhebe?«

Ich schüttelte schnell den Kopf. »Natürlich nicht.«

Jacob hob vorsichtig das versengte Medaillon. Er hielt es in beiden Händen und schloss die Augen. Nach einem weiteren Moment öffneten sich seine Augen, und er legte das Medaillon vorsichtig zurück in die zerbrochene Glasvitrine.

»Nun, ich bin ziemlich sicher, dass einer der Bishops diesen Zauber gewirkt hat. Er trägt Spuren ihrer Magie. Die Frage ist, warum?«

Ist das nicht offensichtlich?

Diesen kleinen Gedanken behielt ich für mich.

KAPITEL VIERZEHN

Am nächsten Abend, nachdem ich ein weiteres Abendessen mit meiner Mutter und Tante Lea überstanden hatte, kehrte ich zu meinem Kutscherhaus zurück. Ich hatte mich inzwischen daran gewöhnt, dass Ghost mir fast auf den Kopf landete, wenn ich durch die Tür kam. Es schien seine Art zu sein, mich zu begrüßen.

Nachdem er auf seine Füße gehuscht war, streichelte ich ihm über den Rücken, bevor er zurück auf seinen Regalsitz sprang. »Ghost, lass mich dir sagen. Alle drehen durch. Irgendwie sind Mama und Tante Lea überzeugt, dass das, was gestern passiert ist, etwas mit Alvins Mord zu tun hat. Falls es überhaupt ein Mord war«, sagte ich ungezwungen, als ob Ghost mich verstehen könnte.

Ich bezweifelte nicht, dass etwas mit Alvins Tod nicht stimmte, aber ich war noch nicht bereit, es als Mord zu bezeichnen. Als ich zu Ghost hochschaute, war seine einzige Antwort ein Zucken seines Schwanzes, der vom kleinen Regal baumelte.

Ich ging um die Theke herum, holte eine Flasche Rotwein aus dem Schrank und schenkte mir ein Glas ein. Gerade als ich mich an die Theke setzen wollte, hörte ich ein Klopfen an der Tür. Ich ließ meinen Wein auf der Theke stehen und ging zurück zur Tür. Als ich sie öffnete, stand Liam auf der anderen Seite.

So ungern ich es auch zugab, in dem Moment, als ich ihn sah, machte mein Herz einen kleinen Tanz. Musste er so lächerlich gut aussehen? Das machte es so viel schwieriger, mich selbst davon zu überzeugen, dass ich nicht mehr an ihm interessiert war.

»Hi, Liam, was führt dich hierher?«, fragte ich.

»Ich hatte gehofft, dich über ein paar Dinge informieren zu können.«

In dem *normalen* Leben, das ich zu finden versucht hatte, kamen Menschen normalerweise nicht einfach so vorbei, um über *Dinge* zu reden. Aber in Charm Cove war das an der Tagesordnung. Nun, abgesehen von dem möglichen Mord. Der brachte eine völlig neue Wendung in die Sache.

Ich schwang die Tür weit auf und bedeutete ihm einzutreten. »Komm rein.«

Er schloss die Tür hinter sich und stand einen Moment unsicher da.

»Du kannst ruhig deine Jacke ausziehen«, bot ich an.

Er hängte seine Jacke an einen der Haken neben der Tür und folgte mir zur Küchentheke. »Ich wollte mir gerade etwas Wein holen. Möchtest du auch?«

Er schüttelte den Kopf. »Du weißt, dass Wein nicht wirklich mein Ding ist.«

Das wusste ich. Einst hatte ich Liam sehr gut gekannt. Ich hielt meine Antwort harmlos, in der Hoffnung, dass das kleine Summen der Nervosität, das durch mich hindurchging, nicht offensichtlich war. »Ach richtig. Ich habe Bier da«, bot ich an.

»Ein Bier wäre toll«, antwortete er.

Ich umrundete die Kücheninsel, holte ein Bier aus dem Kühlschrank und reichte es ihm. »Setz dich«, sagte ich, während ich mich auf einen der Hocker ihm gegenüber setzte und einen Schluck Wein nahm. »Also, was gibt's?«

»Ich bin Zoe begegnet. Sie hat mir erzählt, dass du Alvins Mord untersuchst.«

»Natürlich tue ich das.«

Liams Augen kräuselten sich in den Ecken mit seinem Lächeln. »Warum die Zeit verschwenden?«

»Genau. Gehen wir gleich zum Wesentlichen über. Sind wir uns sicher, dass es überhaupt ein Mord ist? Es könnte auch nichts weiter als ein tragischer Unfall sein.«

Er nickte langsam, seine eisblauen Augen musterten mein Gesicht. »Ich weiß, dass es ein Unfall sein könnte, aber ich glaube nicht daran. Warum steckst du knietief in dieser ganzen Sache?«

Ich verengte meine Augen, genervt, dass er das ansprach. »Es ist unmöglich für mich, nicht mittendrin zu stecken. Meine Familie und deine Familie stecken immer mittendrin. Ich denke, das ist der einzige Weg, um etwas Kontrolle über die Situation zu haben. Außerdem, wenn du hier bist und mich danach fragst, musst du auch mittendrin stecken.«

»Touché«, bot er mit einem Grinsen an. »Also, hier ist die Sache. Onkel Jacob ist ziemlich sicher, dass einer der Bishops die Macht in diesem Medaillon auslöschen wollte.«

»Okay, aber warum das Medaillon?«

»Weil dieses Medaillon der Wahrheitssager ist. Oder war. Das weißt du.«

Ich wusste das. Ich hatte nur die Auswirkungen nicht bedacht. »Oh«, sagte ich leise, bevor ich einen großen Schluck Wein nahm. »Aber das Medaillon könnte uns nichts über Alvin sagen. Außerdem gibt es einen Grund, warum dieses Medaillon unter Schutz gestellt wurde.«

Das besagte Medaillon war von meiner Ururgroßmutter mit Kraft versehen worden. Die verschiedenen Familien, die nach ihrem Tod an der Macht waren, beschlossen, dass das Medaillon geschützt werden musste, wenn auch nur, weil es zu viele Zauber störte.

»Nein, nicht direkt. Aber Onkel Jacob sagt, es hätte uns sagen können, wer in dieser Nacht den Zauber gewirkt hat.«

»Es war nicht so mächtig«, sagte ich mit einem scharfen Kopfschütteln. »Alles, was es tun konnte, war Zauber zu identifizieren. Das ist alles. Nichts weiter. Ehrlich gesagt, nicht viel mehr als Jacob jetzt tun kann.«

»Ja, aber im Gegensatz zu Jacob musste es keine Spuren aufspüren können. Der Zeitpunkt hat nichts mit seiner Kraft zu tun. Außerdem, wie viele Leute haben mitten in der Nacht Zauber gewirkt?«

»Guter Punkt. Wahrscheinlich nicht viele. Was sollten wir also tun? Es ist jetzt kaputt.«

»Nun, es gibt etwas, das ich tun kann.«

Ich sagte es nicht laut, aber was für eine Erleichterung war es, so frei reden zu können. Liams Kräfte umfassten die Fähigkeit, Dinge zu reparieren, genauer gesagt, sie wieder in einen heilen Zustand zu versetzen. Nur sehr wenige Hexenmeister besaßen diese Kraft. Sie lag in seiner Familie. Nur ein männliches Mitglied in jeder Generation erhielt diese Kraft.

»Das könntest du«, sagte ich mit einem langsamen Nicken und einem weiteren Schluck meines Weines.

»Ich brauche dafür aber die Erlaubnis von jemandem aus deiner Familie.«

»Klar, und du weißt, dass jeder von uns zustimmen würde. Ich rufe Tante Lea sofort an, wenn du willst.«

Er nahm einen Schluck von seinem Bier und nickte.

»Warum bist du damit zuerst zu mir gekommen?«, fragte ich, wirklich neugierig.

»Ich liebe unsere Familien, aber manchmal sind sie verrückt«, sagte er mit einem Schulterzucken.

Ich brach in Gelächter aus. »So wahr«, sagte ich, als ich endlich wieder zu Atem kam.

»Wie geht es dir?«, fragte er.

Ich schwenkte den Wein in meinem Glas und blickte zu ihm. »Eigentlich ziemlich gut. Abgesehen vom Drama ist es schön, zu Hause zu sein. Und dir?«

»Es ist gut, zu Hause zu sein. Es wäre schön gewesen, nicht auf den Fersen des einzigen potenziellen Mordes hier im letzten Jahrhundert anzukommen, aber es ist trotzdem gut, wieder zu Hause zu sein.«

Ich kicherte wieder. »Ich weiß. Hoffen wir, dass es nur ein Unfall war.«

KAPITEL FÜNFZEHN

Liam und ich saßen dort und sahen uns über die Theke hinweg an. Diese altbekannte Elektrizität flammte zwischen uns auf. Es war, als ob ein Schalter jahrelang ausgeschaltet gewesen wäre und plötzlich wieder eingeschaltet wurde.

Zeit und Entfernung störten nicht mehr, ebenso wenig wie meine bewusste Vermeidung. Wir sagten nichts. Wir schauten uns einfach nur an. Nach einem angespannten Moment verzog sich sein Mund an einer Ecke nach oben, und er zwinkerte mir zu.

Für einen Moment war es, als wäre ich wieder sechzehn Jahre alt und tief in meinen Schulmädchenschwarm auf ihn versunken. Damals hatte ich die Vorstellung verinnerlicht, dass es mein Schicksal sei, mich in Liam zu verlieben und ihn zu heiraten. Ich meine, wer würde das nicht? Ich hatte Hormone, die durch meine Adern schwammen, und einer der süßesten Typen der Stadt spielte die Hauptrolle in meinen Fantasien. Das kombiniert mit unseren Familien, die uns in die Arme des anderen drängten und uns sagten, es sei unser Schicksal, zusammen zu sein, machte es schwer, sich nicht in die Fantasie zu verlieben.

Aber das war vor dem Druck des Lebens und bevor wir versuchten, in die normale Welt zu passen. Das College war schon allein schwer genug. Stell dir vor, jemand mit unserer gemeinsamen Geschichte zu sein und zu versuchen, dazuzugehören, wenn wir einen Teil von uns selbst tief verborgen halten mussten.

Natürlich war Liam mit seinen blauen Augen, seinem verschmitzten Grinsen und seinem pechschwarzen Haar ein Augenschmaus. Es war wohl sicher zu sagen, dass er lächerlich gutaussehend war, und ich war nicht die einzige Frau, die das dachte.

Ich gab mir innerlich einen mentalen Ruck und nahm einen Schluck von meinem Wein. »Also, ich bin mir nicht sicher, wer jetzt das Medaillon hat. Jacob und Tante Lea haben es mitgenommen, als sie gestern Abend gegangen sind.«

Liam nickte. »Ich vermute, sie haben es, aber ich bin sicher, sie haben es irgendwo besonders sicher verstaut und wahrscheinlich bereits einen weiteren Schutzzauber über den Ort gelegt, wo auch immer es sich befindet.«

»Da bin ich mir sicher. Meine ganze Familie ist außer sich, dass jemand versucht hat, es zu beschädigen. Nun, sie haben es nicht nur versucht, sie haben es geschafft.«

»Ich werde morgen mit Onkel Jacob sprechen«, bot Liam an. »Wie wäre es, wenn du mit Lea sprichst?«

Als ich nickte, sprang Ghost auf die Theke. Er ließ sich nieder, sein Schwanz zuckte hin und her, während er von Liam zu mir schaute. Liam grinste und blickte von Ghost zu mir. »Also hast du einen Kater geerbt?«

»Offenbar«, sagte ich mit einem leisen Lachen. »Ich glaube, er ist genauso oft bei dir wie hier.«

Liam verdrehte die Augen. »Das ist er. Deine Mutter hat mir sogar Futter für ihn dagelassen.«

Ich stöhnte und spürte, wie meine Wangen heiß wurden. »Das ist doch nicht dein Ernst. Es tut mir so leid. Du kennst meine Mutter. Sie ist überzeugt, dass wir füreinander bestimmt sind.«

Dieses Thema war mir ein wenig unangenehm. Ich hatte mich entschuldigt, aber ich war so albern gewesen. Ich meine, ich hatte verdammt nochmal durch Zufall mit einem Zauber ein Gebäude niedergebrannt, weil ich eifersüchtig war. Das war nicht meine Absicht gewesen, aber das war das Endergebnis. Ich würde wahrscheinlich nie aufhören, jedem Gott im Universum dafür zu danken, dass niemand verletzt worden war.

Liam schien viel entspannter damit umzugehen, aber er hatte sich auch nicht so idiotisch verhalten wie ich. Er nahm einen Schluck von seinem Bier und zuckte nachdenklich mit den Schultern. »Es ist nicht nur deine Familie. Du hättest meine Mutter neulich hören sollen. Ich bin sicher, du hast viel über den schief gelaufenen Zauber gehört«, sagte er mit einem wehmütigen Grinsen. »Aber ich habe genauso viel über meine Ehe gehört. Gott sei Dank ist sie vorbei.«

Ich verspürte einen Anflug von Eifersucht und unterdrückte ihn schnell. Das Letzte, was ich brauchte, war, wieder etwas in Brand zu setzen. »So schlimm, ja?«, brachte ich nach einem Schluck Wein hervor.

Er zuckte erneut mit den Schultern. »Lass es mich so sagen: Ich glaube nicht, dass es brillant ist, wenn jemand mit zweiundzwanzig beschließt zu heiraten. Ich sage nicht, dass junge Ehen nicht funktioniert haben, aber die meisten Menschen haben dann noch keine klare Vorstellung vom großen Ganzen. Also gibt es das, aber es ist auch nicht besonders klug, als Reaktion auf etwas anderes zu heiraten. Vanessa war nett, sie war nicht böse oder so. Es ist nur, dass sie mir nicht so viel bedeutet hat. Rückblickend, wenn ich meinen Verstand benutzt hätte, hätten wir wahrscheinlich ein paar Monate miteinander ausgehen und uns dann als Freunde trennen können. Stattdessen...«

Seine Worte verloren sich, als seine Augen die meinen trafen.

»Ich wurde eifersüchtig und habe versehentlich ein Gebäude in Brand gesetzt«, bot ich mit einem Schnauben an.

Er kicherte. »Ja. Das.« Sein Blick wurde ernst. »Da wir gerade bei dem Thema sind, ich habe gehört, was sie zu dir gesagt hat.«

Was mich damals in Rage gebracht hatte, war, dass Vanessa mich nach einer Vorlesung konfrontiert und mir gesagt hatte, Liam habe ihr erzählt, der einzige Grund, warum er je mit mir zusammen gewesen war, sei, dass unsere Familien eng befreundet waren und sie Druck auf ihn ausgeübt hätten. Obwohl sie nichts von unserer magischen Geschichte wusste, wusste sie gerade genug, um mich zu verletzen. Zweifel hatten damals leicht meinen Geist erfüllt. Ich hatte auch ein bisschen ein Temperament. Schon immer. Ich nahm an, die äußerst abrupte und schmerzhafte Lektion, die ich daraus gelernt hatte, dass ich versehentlich dieses Gebäude in Brand gesetzt hatte, war, dass ich mein Temperament in den Griff bekommen *musste*.

Ich hatte nie gewusst, ob er wusste, was sie zu mir gesagt hatte. Ich biss mir auf die Innenseite meiner Wange und erwiderte seinen Blick. »Es war keine große Sache. Ich bin diejenige, die es zu einer gemacht hat. Wie hast du es überhaupt herausgefunden?«

»Oh, sie hat es nach der Tatsache versehentlich zugegeben. Jedenfalls dachte ich, du möchtest vielleicht wissen, dass ich ihr nie so etwas gesagt habe.«

Ich war so stolz auf mich in diesem Moment. Ich drehte nicht durch. Es fühlte sich seltsam an, weil es klar wie der Tag war, dass die Chemie zwischen uns definitiv nicht verschwunden war. Es war eine Erleichterung zu hören, dass er sich nicht Hals über Kopf in Vanessa verliebt hatte. Denn das war, was mein kindischer Stolz damals geglaubt hatte.

Ich war keine böse Hexe. Trotz meines Nachnamens und der Tatsache, dass ich versehentlich in einem Wutanfall ein Gebäude niedergebrannt hatte.

Ich lächelte wehmütig. »Nun, alles läuft so ab, wie es soll, nicht wahr? Alle waren damals so aufdringlich, das hat alles nur noch schlimmer gemacht.«

Er hielt meinen Blick fest und nickte langsam, bevor er einen weiteren Schluck von seinem Bier nahm. Nach einem Moment blickte er sich im Kutscherhaus um. »Es ist schön, dass du diesen Ort bekommen hast.«

»Wo wir gerade davon sprechen, ich habe mich gefragt, warum du nicht in einer der Immobilien deiner Familie wohnst.«

»Du vergisst, dass ich fünf Geschwister habe«, sagte er mit einem Kichern.

»Das habe ich nicht vergessen«, entgegnete ich und verengte meine Augen. »Es ändert nichts an der Tatsache, dass deine Familie viele Grundstücke und Häuser besitzt.«

»Ja, nun, als ich weggezogen bin und dann geheiratet habe, war meine Mutter so wütend auf mich, dass sie alle in dem untergebracht hat, was verfügbar war. Im Moment gibt es nichts für mich. Es sei denn, du zählst die zwanzig Hektar, die ich mein Eigen nennen kann. Dort steht aber kein Haus. Ich werde herausfinden, wann ich bauen kann, und dann umziehen.«

»Da bin ich mir sicher.«

Das Gespräch ging tatsächlich zu Themen über, die über die neuesten Probleme unserer verrückten Familien und die Spannung zwischen uns hinausgingen. Schließlich stand Liam auf, um zu gehen, und ich begleitete ihn zur Tür. Er schlüpfte in seine Jacke und hatte seine Hand bereits an der Tür, als er sich umdrehte.

Unsere Blicke trafen sich, und ich hätte mich nicht abwenden können, selbst wenn mein Leben davon abgehangen hätte, als sein Kopf sich dem meinen zuneigte. Er ließ mich nach seinem Abschied völlig benommen zurück. Ein Kuss von Liam Good erinnerte mich mit brutaler Klarheit daran, wie viel Chemie zwischen uns herrschte. Mein Puls raste, mein Bauch machte Purzelbäume, und ich war so erhitzt, dass ich eine kalte Dusche brauchte.

KAPITEL SECHZEHN

Am nächsten Morgen machte ich einen Spaziergang über den Stadtplatz und fragte mich, ob mir nach den Ereignissen des anderen Abends etwas Verdächtiges auffallen würde. In der hinteren Ecke sah ich Isobel Martin mit ihrem Gartenclub. Ihr Gartenclub war so etwas wie ein Dauerwitz. Isobel bildete sich ein, eine Art magischen grünen Daumen zu haben.

In Wirklichkeit hatte sie genau das Gegenteil und kein bisschen Magie, um dieses Problem zu lösen. Ich machte einen Zwischenstopp bei Magic Beans, holte mir einen Kaffee und schlenderte wieder zum Platz zurück, nachdem ich gesehen hatte, dass Isobel weg war. Was auch immer sie angestellt hatte, war nicht besonders gut gelungen. Ihre Gartenversuche ähnelten Kleinkindern, die sich schminken. Die zwei neuen Blumenbeete, die sie angelegt hatte, ließen sich am besten als verwirrt beschreiben. Ich betrachtete sie einen Moment, holte tief Luft und wedelte dann mit meiner Hand über ihnen. Es würde ein paar Stunden dauern, aber die traurig aussehenden Blumen würden sich bald von selbst aufrichten.

Ich sorgte dafür, dass es so aussah, als würde ich die Blumen nur beiläufig begutachten, was nicht besonders schwer war, da heute Morgen viele Leute unterwegs waren. Da war auch der Power-Walking-

Club, eine Gruppe älterer Damen, angeführt von der stets enthusiastischen Beatrice Powers.

Die Gruppe marschierte gerade an mir vorbei, als Beatrice neben mir abrupt anhielt. Sie war ein kleines Energiebündel. Es war kaum zu glauben, dass sie mittlerweile fast neunzig Jahre alt war. Mit ihrem kurzen silbernen Haar, lebhaften braunen Augen und breitem Lächeln war es fast unmöglich, sich in ihrer Nähe nicht gut zu fühlen.

»Moira! Wie geht es dir, Liebes? So schön, dich zu sehen. Ich würde gerne stehenbleiben und plaudern, aber wir haben noch einiges vor.«

»Mach nur weiter«, antwortete ich mit einem Lächeln und beobachtete, wie sie wieder in einem schnellen Tempo loslegte, wobei ihre Ellbogen wild mit ihren schnellen Schritten schwangen. Die »Vorhaben«, die sie hatten, beinhalteten im Wesentlichen wiederholte Runden um den Platz und ein paar Straßen der Innenstadt.

Ich setzte meine deutlich gemütlichere Runde um den Platz fort, trank meinen Kaffee und scannte die Gegend. Das Einzige, was mir außergewöhnlich erschien, war ein Brandfleck an der Ecke einer der Granitbänke. Als ich an der Bank stand, bemerkte ich, dass sie eine direkte Sichtlinie zur Eingangstür von Persnickety Potions & Gifts bot. Ob nun jemand hier gestanden und den Zauber gewirkt hatte, um das Medaillon zu beschädigen, oder ob er etwas dafür arrangiert hatte, um die Drecksarbeit zu erledigen – dies war wahrscheinlich der Ort, an dem es geschehen war.

Nach einer weiteren langsamen Runde um den Platz, bei der ich die Augen offen hielt, stellte ich fest, dass es nichts weiter zu sehen gab. Ich machte mich auf den Weg zu Persnickety Potions & Gifts und ging durch die Tür hinein.

Tante Lea lächelte strahlend hinter der Theke, sobald sie mich eintreten sah. »Hallo, Liebes! Ich bin so froh, dass du wieder kommen konntest. Die Mädchen sind zwar hilfsbereit, aber nicht so gut wie du.«

Ich unterdrückte ein Lachen. Tante Lea war noch nie jemand gewesen, der um den heißen Brei herumredete. Manchmal fragte ich mich, was sie wohl über mich zu sagen hatte. Ihr langes Haar trug sie heute offen, glänzend gebürstet, und die wenigen schwarzen Strähnen in ihrem Haar ließen das Silber fast wie Glitzer aussehen.

Ich ging zur Theke, lehnte meine Hüfte dagegen und nahm einen Schluck von meinem Kaffee. »Na ja, du hast gesagt, du hättest noch ein paar Termine. Ich helfe gern aus, wann immer du mich brauchst.«

»Um ganz ehrlich zu sein, Liebes, ich wünschte, du würdest einfach zustimmen, den Laden von mir zu übernehmen. Jemand in der Familie muss sich darum kümmern. Ich bin nicht mehr so jung, wie ich mal war.«

Ich schnaubte und machte mir nicht einmal die Mühe, es zurück-zuhalten. »Ernsthaft, Tante Lea? Du bist noch nicht einmal sechzig Jahre alt.«

Sie stemmte eine Hand in die Hüfte, wodurch ihre silbernen Armbänder klimperten. »Liebes, du hast selbst noch ein paar Jahre, bevor du dreißig wirst. Belehre mich nicht übers Alter. Ich bin die Erste, die zustimmt, dass die Frauen in unserer Familie schön und anmutig altern. Im Vergleich zur durchschnittlichen Fast-Sechzigjäh-rigen würde ich behaupten, ich bin das Bild der Gesundheit. Aber ich bin sicherlich nicht mehr so jung wie früher. Es ist nur etwas, worüber du nachdenken solltest.«

»Gut. Ich werde darüber nachdenken. Aber jetzt bin ich hier, um auszuhelfen. Was muss erledigt werden, während du weg bist?«

In diesem Moment kam ein Kunde durch die Tür, und Tante Lea eilte hinüber, um ihm zu helfen. Ich schlüpfte inzwischen hinter die Theke, verstaute meine Handtasche und Jacke und kehrte dann nach vorne zurück. Tante Lea kassierte gerade den Kunden ab und verkaufte ihm eine kleine Jadekette und eine Flasche *Liebe lässt die Welt sich drehen.*

Nachdem die Frau sich umgedreht hatte und die Tür hinter ihr geschlossen war, warnte ich: »Ich schwöre, du solltest mir besser sagen, dass das kein echter Liebeszauber war.«

Tante Lea drehte sich zu mir um. »Alles, was wir verkaufen, ist echt, Liebes. Das weißt du. Die allgemeinen Tränke sind eben allge-mein. Sie werden nichts wie das bewirken, was mit deinem Chef passiert ist. Das erforderte ein wenig zusätzlichen Aufwand meiner-seits«, meinte sie mit einem leichten Grinsen.

»Stimmt. Ich weiß. Wage es ja nicht, sowas bei mir abzuziehen.«

Tante Lea näherte sich der Theke und winkte abwehrend. »Natürlich nicht. Jedenfalls, hier ist, was wir heute tun müssen.«

Sie begann, eine Liste von Aufgaben herunterzurattern. Als wir mit der Tagesplanung fertig waren, überlegte ich, ob jetzt ein guter Zeitpunkt wäre, sie zu fragen, ob Liam sich das Medaillon ansehen dürfe. Da es keinen idealen Zeitpunkt gab, stürzte ich mich einfach hinein. »Ich habe gestern Abend mit Liam gesprochen.«

Das erregte ihre Aufmerksamkeit. Sie schaute mit einem erwartungsvollen Lächeln zu mir auf. »Worüber, Liebes?«

»Ich weiß nicht, ob du es für eine gute Idee hältst, aber wenn das Medaillon kaputt ist, ist er der Einzige hier, der es vielleicht reparieren könnte.«

Sie trommelte mit ihren Fingernägeln auf der Glastheke, ihr Blick nachdenklich. »Jacob und ich haben gestern Abend darüber gesprochen. Wir haben das Medaillon so lange nicht benutzt, dass ich nicht daran gedacht habe, wozu es in der Lage ist. Was mich betrifft, ist es eine gute Idee, Liam zu bitten, es zu reparieren. Ich meine, was haben wir zu verlieren?«

»Genau das haben Liam und ich auch gedacht.«

Tante Lea öffnete den Mund, um etwas zu sagen, schloss ihn dann aber mit einem Lächeln. Ich vermutete, sie wollte mich an mein Schicksal erinnern. Für einmal hielt sie es für besser, es zu lassen.

»Ich werde ihm sagen, dass du einverstanden bist. Soll ich ihm sagen, dass er dich zu Hause trifft?«

»Jacob und ich haben es, aber es ist nicht in unserem Haus. Ich würde dir lieber nicht einmal sagen, wo es sich befindet. Nicht, weil ich besorgt bin, dass du etwas tun würdest, sondern weil je weniger davon wissen, desto besser. Was hältst du davon, wenn wir es heute Abend zu dir bringen und dann können wir das machen?«

»Klingt gut. Ich rufe ihn später an.«

Ein weiterer Kunde kam herein und unterbrach effektiv unser Gespräch. Es gab nichts mehr zu sagen. Meine Gedanken wanderten zurück zu letzter Nacht und zu genau dem, wobei ich mir geschworen hatte, nicht hineinzustolpern. Ich hatte Liam geküsst. Es war schnell und kurz gewesen. Dennoch hätte uns beide auch ein Blitz treffen können.

KAPITEL SIEBZEHN

Der Tag verlief ziemlich ereignislos. Obwohl Tante Lea freimütig zugab, dass die Zwillinge im Laden nicht besonders hilfreich waren, schickte sie sie trotzdem für ein paar Stunden hinunter. Das Einzige, worin sie wirklich gut waren, war der Umgang mit Kunden, und dafür war ich dankbar. Sie liebten es zu reden und hatten das Verkaufstalent ihrer Mutter geerbt, mit dem sie praktisch alles an den Mann bringen konnten.

Ein angenehmer Nebeneffekt meiner Arbeit im Laden war die Entdeckung, dass meine neue Präsenz in der Stadt einen stetigen Strom von Einheimischen anzog, die alle neugierig waren, mit mir zu plaudern und mich über alles Mögliche auf den neuesten Stand zu bringen.

Als Rebecca Bishop hereinkam, sorgte ich schnell dafür, dass ich diejenige war, die sie bediente, und nicht einer der Zwillinge. Da ich wusste, dass Onkel Jacob glaubte, ein Mitglied der Bishop-Familie hätte den Zauber gewirkt, der neulich die Vitrine zerschmettert hatte, wollte ich mir diese Gelegenheit nicht entgehen lassen.

Rebecca war ungefähr in meinem Alter und war ein paar Jahre unter mir in der Schule gewesen. Wie die meisten ihrer Familie hatte sie glänzendes braunes Haar und braune Augen. Sie war zierlich und etwas kleiner als ich. Als ich auf sie zuging, fragte ich: »Hi, Rebecca, womit kann ich dir heute helfen?«

Sie blickte mit einem höflichen Lächeln auf. »Ich bin vorbeigekommen, um ein Geburtstagsgeschenk für meine Mutter zu finden. Deine Tante hat normalerweise einige der schönsten Schmuckstücke der Stadt. Meine Mutter liebt diese Medaillons.«

Sie sprach von den hübschen Silbermedaillons, die exklusiv für unseren Laden von einem Juwelier aus Portland, Maine, angefertigt wurden. Sie waren wirklich bezaubernd – Silber mit komplizierten Gravuren auf der Vorderseite und genug Platz im Inneren, um tatsächlich Dinge aufzubewahren. Sie hätte mich genauso gut mit einem Knüppel über den Kopf schlagen können. Ich meine, sie suchte nach einem Medaillon, nur zwei Tage nachdem das sehr mächtige Medaillon, das hier unter Schutz aufbewahrt wurde, beschädigt worden war.

Ich führte sie zur Vitrine, in der wir die dekorativen Medaillons aufbewahrten, und nahm die heraus, die sie sehen wollte.

»Und, wie läuft's so?«, fragte ich.

Rebecca antwortete, während sie einige der Medaillons untersuchte. »Du weißt schon, alles beim Alten. Es ist immer irgendwas los. Obwohl, meine Güte, die letzten Wochen haben ausgereicht, um die Stadt in Aufruhr zu versetzen.«

»Oh, du meinst, was mit Alvin passiert ist?«

Rebecca blickte auf und nickte. »Glaubst du, dass ihn tatsächlich jemand ermordet hat?«

Ich hielt ihrem Blick stand und versuchte zu spüren, ob ihre Frage unschuldig war oder ob sie versuchte, es so erscheinen zu lassen. Mein Bauchgefühl war unentschlossen. Ich zuckte mit den Schultern. »Es könnte genauso gut ein Unfall gewesen sein wie ein Mord.«

Rebecca nickte. »Aber wie üblich kursieren Gerüchte.«

»Über meine Familie, nehme ich an«, bemerkte ich trocken und konnte mir nicht verkneifen, mit den Augen zu rollen.

Rebeccas Augen weiteten sich. Sie kannte mich nicht gut genug, um zu wissen, wie direkt ich sein konnte. Ich lachte. »Naja, es stimmt doch. Entweder ist ein Wicked oder ein Good für alles Schlechte in der Stadt verantwortlich. So sagt man zumindest. Schade, dass wir nicht auch für alles Gute, was hier passiert, Anerkennung bekommen können.«

Sie lächelte unsicher. »Vermutlich.«

Ich beschloss, direkt nach dem Klatsch zu fragen, denn ich wusste ohne jeden Zweifel, dass in der ganzen Stadt darüber gesprochen wurde, was neulich Abend passiert war. »Wo wir gerade dabei sind, hast du irgendetwas darüber gehört, wer das Medaillon beschädigt haben könnte, das hier aufbewahrt wurde?«

Rebeccas Augen weiteten sich, ihre Hände erstarrten auf der Glasvitrine. »Ähm, ähm... nein.«

»Ach komm schon, versuch gar nicht erst, mir zu erzählen, dass du nicht gehört hast, was neulich Abend passiert ist. Ich war zwar die letzten Jahre nicht hier, aber eine Sache wird sich in Charm Cove nie ändern: der Klatsch. Er verbreitet sich in der Stadt wie ein Lauffeuer. Diese Vitrine« – ich zeigte auf die Stelle, die jetzt ein leerer Fleck in unserem Laden war – »wurde zerstört und das Medaillon angesengt.«

Rebeccas Augen weiteten sich noch mehr. Während ihre Fragen zu Alvin vielleicht unschuldig gewesen sein könnten, wusste ich ohne jeden Zweifel, dass sie von der Vitrine gehört hatte und etwas darüber wusste.

»Nun spuck's schon aus. Du weißt, dass wir sowieso Wege haben, es herauszufinden.«

Rebecca verengte jetzt ihre Augen, ein Ausdruck der Entrüstung huschte über ihr Gesicht. »Ich weiß nichts. Alles, was ich gehört habe, war, dass ein Lichtblitz durchs Fenster kam und die Vitrine zerschmetterte. Das ist alles, was ich gehört habe. Ich weiß nicht, warum du annehmen solltest, dass ich mehr wüsste als das«, sagte sie, während ihre Lippen sich zu einer dünnen Linie zusammenpressten.

Ich betrachtete sie und überlegte, ob ich weiter drängeln sollte. Ich konnte nicht einschätzen, ob sie mehr wusste. Wir starrten uns einen Moment schweigend an. Nach einer kurzen Pause zuckte ich mit den Schultern. »Schon gut. Hast du dich jedenfalls für ein Medaillon für deine Mutter entschieden?«

»Ja, habe ich«, antwortete Rebecca mit einem Hauch von Hochmut in ihrer Stimme. Sie wählte das Medaillon aus, das sie haben wollte, und ich ließ es von einem der Zwillinge für sie einpacken, bevor sie ging.

KAPITEL ACHTZEHN

Der Abend, an dem wir uns mit Onkel Jacob und Tante Lea treffen wollten, damit Liam seinen Zauber am Medaillon ausprobieren konnte, klappte nicht. Ich war mir nicht sicher, aber ich begann zu vermuten, dass Tante Lea gesundheitliche Probleme hatte. Ich hatte nur eine knappe Nachricht von ihr erhalten, dass sie nicht rechtzeitig zum Abendessen aus Portland zurück sein würde.

Seltsamerweise war Onkel Jacob, der sich sicherlich allein mit uns hätte treffen können, nach Portland gefahren, um sie dort zu treffen. Besorgt rief ich meine Mutter an. Ich kam gleich zur Sache, sobald sie antwortete. »Mama, was ist los mit Tante Lea?«

Meine Mutter, die sonst nie davor zurückschreckte, einfach die unverblümte Wahrheit herauszuplatzen, war still. Ihr Seufzen drang durch die Telefonleitung. »Ich weiß es nicht, Liebes. Natürlich mache ich mir auch Sorgen, aber sie erzählt mir nichts. Wir müssen einfach abwarten.«

»Weißt du irgendetwas?«, bohrte ich nach.

Wieder ein Seufzer. »Nein, weiß ich nicht. Wenn ich etwas wüsste und sie mich zum Schweigen verpflichtet hätte, würde ich dir das sagen. Aber sie redet nicht. Ich habe heute Morgen sogar Jacob angerufen, um etwas aus ihm herauszubekommen. Hat überhaupt nichts gebracht. Dieser Mann ist ihr seit Anfang an hörig. Wenn sie nicht will, dass er redet, dann tut er es nicht.«

Trotz meiner Sorge musste ich lachen. Natürlich dachte meine Mutter, sie könnte jeden zu allem kommandieren. So war sie eben. »Na ja, wenn du etwas hörst, lass es mich wissen. Ich plane morgen den Laden zu übernehmen, da ich nicht weiß, ob sie zurück sein wird.«

»Ich weiß, dass sie das zu schätzen wissen wird«, antwortete meine Mutter.

Ich hörte im Hintergrund ein anderes Telefon klingeln und meine Mutter beendete das Gespräch eilig. Ich steckte mein Handy in die Tasche und ging durch die Vordertür zum Kutschenhaus, während ich darauf wartete, dass Ghost auf meiner Schulter landete. Nun, ich wusste nicht genau, ob landen das richtige Wort war, um zu beschreiben, was er tat. Er benutzte meine Schulter, um auf den Boden zu springen.

In der kurzen Woche, die ich zu Hause war, hatten wir eine Routine. Er sprang vom Regal auf mich, hüpfte auf den Boden und saß dann mit zuckendem Schwanz da, nur um innerhalb weniger Minuten zu seinem Platz zurückzukehren.

Als ich überlegte, was ich zum Abendessen machen sollte, vibrierte mein Handy in meiner Tasche. Ich zog es heraus und antwortete: »Hallo.«

»Hey, ich bin's, Zoe.«

Die Last der Sorge um Tante Lea wurde etwas leichter. Es war schön, wieder dort zu sein, wo alte Freunde waren.

»Hey, was gibt's?«

»Nun, ich habe eine Einladung zu einem Potluck bei Amber Ouellette heute Abend bekommen. Ich dachte, du könntest mit mir mitkommen. Daniel meint, sie könnten einen Grund gehabt haben, sauer auf Alvin zu sein, weil sie eine Menge Land besitzen. Ich dachte, wir könnten hingehen, du könntest alle wiedersehen und wir könnten nebenbei ein bisschen schnüffeln.«

»Perfekt. Ich war am Verhungern und habe mich gerade gefragt, was ich zum Abendessen machen soll.«

»Gib mir zehn Minuten, und ich hole dich ab.«

Wie versprochen kam Zoe innerhalb weniger Minuten in ihrem kleinen, verbeulten roten Jeep an. Es fühlte sich an, als wäre ich nie weg gewesen, als wir durch die Stadt zu Ambers Haus fuhren. Ihr Haus lag direkt hinter ihrem weitläufigen Holzunternehmen. Das Holzgeschäft war seit Jahrhunderten in ihrer Familie, gegründet in den Tagen, als der Wald sich von der Ostküste bis zum Mississippi in einem ununterbrochenen Marsch aus Bäumen erstreckte. Ab und zu überlegte ich, wie sich die Wildnis damals angefühlt haben muss. Hier an der mittleren Küste von Maine hatten wir immer noch einen Hauch dieser Wildnis. Es war zu kalt und die Winter waren zu lang, als dass viele außerhalb der Sommermonate hierher kamen.

Ich sog die vertrauten Anblicke in mich auf, als wir durch die Stadt fuhren. Als wir die Innenstadt hinter uns gelassen hatten, war die Landschaft mit einer Mischung aus Geschäften und alten Kolonialgebäuden übersät. Neuengland beherbergte eine Mischung aus Fischern und Bauern. Der Leuchtturm von Beacon's Charm war in der Ferne zu sehen, seine charakteristische rot gestreifte Farbe stach hervor.

»Wer betreibt den jetzt eigentlich?«, fragte ich Zoe.

»Liams Cousin, Nathan. Dein Cousin hat ihn an sie verkauft, ungefähr zu der Zeit, als du zum Studium weggezogen bist.«

»Ach ja, stimmt. Das hatte ich vergessen. Also, gibt's was Neues von Daniel?«, fragte ich und wechselte das Thema.

Zoe seufzte, ziemlich theatralisch. »Nein. Er hat sich völlig verschlossen. Er ist außerdem paranoid, dass zu viele Leute tratschen und das seine Ermittlungen beeinträchtigen wird. Ich liebe diesen Mann, aber Gott, manchmal nimmt er seinen Job zu ernst. Er hat auch von dem Vorfall in deinem Laden neulich gehört. Er wollte, dass ich dich frage, warum du ihn nicht angerufen hast.«

»Weswegen sollen wir ihn anrufen? Es war Magie. Daran besteht kein Zweifel.«

Zoe kicherte. »Genau das habe ich ihm auch gesagt. Aber du kennst Daniel, er will immer alles wissen. Ich glaube auch, er fühlt sich bei den Hexensachen immer ein bisschen außen vor. Apropos Männer, ich habe Liams Auto neulich bei dir gesehen.«

Ich schaute sie von der Seite an und sah ihr schelmisches Grinsen, bevor sie sich auf die Lippe biss.

»Überwachst du mich jetzt? Bitte verwandle dich nicht in meine Mutter«, sagte ich mit einem gutmütigen Lachen.

»Oh mein Gott«, sagte sie und verdrehte die Augen. »Ich werde nicht zu deiner Mutter. Ich habe mich nur gefragt, warum er zufällig da war. Die Tatsache, dass dein Gesicht so rot wie eine Rübe ist, verrät mir, dass da vielleicht etwas läuft.«

»Ugh. Ich hasse es, das zuzugeben, aber er geht mir immer noch nahe. Ich meine, der Mann ist zu gut aussehend für sein eigenes Wohl. Kein Wortspiel beabsichtigt«, sagte ich in Anspielung auf Liams Nachnamen.

»Sogar ich kann das sehen. Aber gutaussehend bedeutet nicht viel.«

»Richtig. Ich weiß. Ich habe ihn vielleicht geküsst«, gab ich schließlich zu.

Zoe brach in Gelächter aus und schlug mit der Hand aufs Lenkrad, als sie auf die Straße zu Ambers Haus abbog. »Vielleicht?«

»Okay, ich habe ihn geküsst. Weißt du, wenn es nicht wegen meiner neugierigen Familie und seiner wäre, wären wir vielleicht noch zusammen. Aber der ganze Druck...« Ich hielt inne und fuhr mit den Händen durch meine Haare. »Das hat mich fast verrückt gemacht.«

»Nun, und du bist gerne widerspenstig«, meinte sie, als sie ihr Auto zum Stehen brachte und neben einigen anderen Autos am Straßenrand parkte.

Ich löste meinen Sicherheitsgurt und drehte mich zu ihr um. »Was meinst du damit, dass ich gerne widerspenstig bin?«

»Genau das. Ich denke, selbst du musst zugeben, dass du ein bisschen Temperament hast und es hasst, wenn Leute dir sagen, was du tun sollst. Du bist also stur. Na und? Ob diese ganze Schicksalssache etwas bedeutet oder nicht, wenn du Liam magst, spielt das keine Rolle.«

Meine Wangen wurden wieder heiß, und ich kaute auf der Innenseite meiner Wange. »Stimmt«, sagte ich schließlich. »Na ja, wer weiß, was passieren wird? In der Zwischenzeit haben wir Klatsch und Tratsch zu sammeln.«

———

Innerhalb weniger Minuten begrüßten Zoe und ich Amber Ouellette. Da ich nicht einmal wusste, dass ich hierher kommen würde, hatte ich nichts für das Potluck mitgebracht, aber Zoe hatte klugerweise einen Meeresfrüchteauflauf mitgebracht, im Wesentlichen eine Mischung aus Kabeljau, Frischkäse, Reis und Käse. Beim Potluck waren eine Reihe alter Freunde, darunter Amber, zusammen mit mehreren ihrer Cousins und einer Gruppe von Freunden aus der High School und dem College.

Nach den üblichen Begrüßungen saß eine Gruppe von uns im Wohnzimmerbereich mit einer großen Eckcouch und ein paar Stühlen um einen kleinen Tisch. Ich genoss ein Glas Wein, während Zoe uns mit einer Geschichte vom letzten Sommer unterhielt, als sie beinahe das kleine Fischerboot ihrer Familie versenkt hätte.

»Ihr hättet das sehen sollen. Wir haben links und rechts Wasser geschöpft, und es wollte einfach nicht aufhören. Ich erinnere mich, dass ich so froh war, dass wir in der Bucht waren, aber ich war auch peinlich berührt. Ich meine, wir waren gerade weit genug von den Docks entfernt, dass alle dasitzen und uns zuschauen konnten. Es war kein Problem, gerettet zu werden, wir wollten nur nicht das Boot verlieren«, sagte sie mit einem Augenrollen.

Amber kicherte und strich ihr blondes Haar von den Schultern. Die Ouellettes hatten fast alle blonde Haare und blaue Augen, und Amber passte in dieses Muster. »Ich erinnere mich. Ich war an den Docks. Mein Vater fand es lächerlich. Er sagte, ihr hättet das Boot einfach untergehen lassen sollen.«

Zoe zuckte mit den Schultern. »Du kennst meinen Vater. Es spielt keine Rolle, dass das Boot uralt ist und wir es schon vor langer Zeit hätten loswerden sollen, er hasst es, etwas wegzuwerfen.«

Das Gespräch mäanderte weiter. Irgendwann drehte sich das Thema natürlich um Alvin Pearsons Ertrinken. Amber brachte es zuerst auf. »Ich kann es immer noch nicht glauben. Im Brunnen! Es ist schrecklich, und warum denken alle, dass es Mord war?«, fragte sie.

Alle Augen wanderten zu verschiedenen Zeitpunkten zu mir. Ich war heute Abend zufällig die einzige Wicked, die anwesend war. Wie üblich beschloss ich, den Spekulationen direkt zu begegnen. »Nun, es ist immer die Vermutung, dass jemand aus meiner Familie oder der Familie Good etwas damit zu tun hatte. Ich weiß nicht warum diesmal. Alle unsere Geschäftsimmobilien befanden sich bereits in der ursprünglichen Geschäftszone, daher sind wir zufällig eine der wenigen Familien, die nicht betroffen sein werden.«

Als niemand antwortete, fuhr ich fort und warf die Vorsicht über Bord. »Ich meine, eure Familie ist in einer ganz anderen Situation«, sagte ich und schaute Amber direkt an. »Ihr betreibt dieses Holzgeschäft seit wie lange? Etwa zwei Jahrhunderten. Die ganze Zeit war es außerhalb der Gewerbegebiete. Glaubt mir, die Steuern eurer Familie werden betroffen sein.«

Ambers Augen weiteten sich und ihre Lippen verengten sich. Ich war überrascht, als eine ihrer Cousinen sich einmischte.

»Genau das habe ich auch gesagt«, sagte Rachel Ouellette. »Ich meine, es ist nicht so, als wären wir die einzige Familie, die betroffen sein wird. Aber es ist gesunder Menschenverstand, dass diejenigen, die am meisten betroffen sein werden, wütender auf Alvin sein würden. Falls überhaupt etwas passiert ist. Soweit wir wissen, war es ein Unfall.«

Sarah Baker schaltete sich ebenfalls ein. »Ich war bei der Zonensitzung an diesem Abend. Ihr hättet Dolores Lewis hören sollen. Sie ist total auf ihn losgegangen.«

»Ja, aber sie regt sich über alles auf«, fügte Amber hinzu.

»Und sie war in der Woche, als Alvin starb, nicht in der Stadt.«

Alle drehten sich wie ein Mann um, um Patsy Walker anzusehen, die einfach nickte, wobei ihre braunen Locken hin und her schwangen.

»Wirklich?«, fragte ich. »Denn ich habe das Gleiche über ihren Wutausbruch bei der Zonensitzung gehört. Aber wenn sie nicht in der Stadt war, als Alvin starb, scheidet sie komplett aus.«

»Genau. Woher weißt du, dass sie nicht in der Stadt war?«, fragte Zoe und richtete ihre Frage an Patsy.

»Weil meine Mutter neben Dolores wohnt. Dolores besuchte in dieser Woche ihre Tochter in Boston. Meine Mutter kümmert sich um ihre Katzen und gießt ihre Pflanzen, wenn sie weg ist. Sie ist hundertprozentig sicher, dass Dolores nicht in der Stadt war.«

Es gab ein leises Murmeln unter allen. Es schien niemanden zu kümmern, dass Alvins Tod einfach ein Unfall gewesen sein könnte.

Amber, die sich an mir ein Beispiel nahm, beschloss, genauso direkt zu sein wie ich. »Nun, ich weiß nicht, warum alle anfangen, Gerüchte über uns zu verbreiten. Nicht böse gemeint« – sagte sie und warf einen Blick in meine Richtung – »aber obwohl wir dieses Geschäft seit ewig haben, besitzen wir nicht das meiste Land.«

»Nun, wer dann?«, fragte Rachel.

Ich unterdrückte ein Lachen, als Amber ihrer Cousine einen finsteren Blick zuwarf. »Ausgezeichnete Frage. Denn ich weiß es tatsächlich nicht«, sagte sie. Amber schaute zu Zoe hinüber. »Du könntest Daniel darüber informieren. Ich würde denken, er weiß bereits, dass Dolores ein Alibi hat. Wir sollten besser herausfinden, wem all die Grundstücke gehören, denn ich weiß es nicht. Ich habe meine Mutter gefragt, und wenn sie es weiß, sagt sie nichts.«

»Meine Güte. Der erste Mord, oder nicht, seit über hundert Jahren in Charm Cove und es gibt eine Million Verdächtige«, sagte Rachel.

»Ich weiß. Es ist ein bisschen chaotisch«, sagte ich und schüttelte den Kopf. »Vielleicht sollten wir über etwas anderes tratschen.«

Zoe kicherte. »Gute Idee.«

»Warum erzählst du uns nicht von dir und Liam?«, fragte Patsy.

Ich spürte, wie meine Wangen heiß wurden, ignorierte es aber. »Es gibt nichts zu erzählen. Ich habe in den letzten drei Jahren nicht einmal am selben Ort gelebt wie er.«

Rachel schaltete sich ein. »Ja, aber jetzt tust du es, und er ist geschieden.«

Ich widerstand dem Drang, sie böse anzuschauen. Meine Gedanken wanderten sofort zu Liams Kuss neulich Abend. Dieses Bisschen würde ich sicher nicht teilen. Obwohl ich mit den meisten hier befreundet war, war ich nicht bereit, die Gerüchte über Liam und mich weiter anzuheizen. Ich zuckte mit den Schultern. »Na und? Es ist nichts weiter als ein Zufall, dass wir beide jetzt wieder in der Stadt sind. Wie wäre es, wenn ihr mich über den ganzen Klatsch auf dem Laufenden haltet, den ich verpasst habe, während ich weg war? Denn ich habe keine Neuigkeiten.«

Zoe, die gute Freundin, die sie war, sprang ein und lenkte das

Gespräch geschickt auf andere Themen. Als wir später am Abend gingen, im Moment, als die Türen von Zoes Jeep geschlossen waren, schauten wir uns an. »Also, Dolores ist raus, und wir müssen herausfinden, wem all das Holzgrundstück gehört.«

KAPITEL NEUNZEHN

Einige Tage später, nachdem es kaum neue Erkenntnisse darüber gab, wer das Medaillon zerbrochen hatte und ob Alvins Tod Mord oder ein Unfall war, machte ich einen Stopp bei Magic Beans. Beim Hereinkommen ließ ich meinen Blick schweifen. Der Laden hatte sich in den letzten Jahren kaum verändert, mit Ausnahme der wechselnden lokalen Kunstwerke an den Wänden.

Magic Beans war, wenig überraschend, ein Café und eine Bäckerei. Es befand sich auf der gegenüberliegenden Seite des Stadtparks von Persnickety Potions & Gifts in einem alten Kolonialhaus. Magic Beans belegte das gesamte Erdgeschoss, während sich im Obergeschoss Apartments befanden. Die Küche lag auf der einen Seite der Treppe in der Mitte des Gebäudes, das Café und eine Theke auf der anderen. Die hohen Fenster ließen viel Licht herein, das auf den Holzböden glänzte und den Raum hell hielt. Jedes Fenster hatte oben ein Buntglasfenster, das einen Farbtupfer hinzufügte. Im Cafébereich waren kleine runde Tische verteilt.

Als ich mich zwischen den Tischen zur Theke am hinteren Ende durchschlängelte, entdeckte ich Liam, der in der Schlange stand. An seiner Seite stand Susie Gillis, eine junge Frau, die mit uns zur High School gegangen war. Ich kannte sie nicht besonders gut. Das einzige

Wort, das mir für sie einfiel, war langweilig. Sie hatte hellbraunes Haar, blaue Augen und eine zierliche Figur. Ich hatte keine Ahnung, warum sie bei Liam war. Noch merkwürdiger war der Ausdruck auf seinem Gesicht, der ausgesprochen seltsam wirkte.

Einen Moment fragte ich mich, ob sie zusammen hier Kaffee trinken wollten. Aber dann drehte sich Liam um und sah mich, wobei ein Ausdruck der Erleichterung über sein Gesicht huschte. »Moira!«, rief er, für seine Verhältnisse ziemlich enthusiastisch.

»Hi, Liam«, erwiderte ich höflich. Wir hatten uns seit unserem Kuss neulich Abend nicht mehr gesehen, aber ich hatte ihn nicht vergessen. Ganz und gar nicht. Ehrlich gesagt hatte dieser kurze Kuss viel zu viel Platz in meinen Gedanken eingenommen. Ihm hier mit Susie zu begegnen, löste Verwirrung und ein kleines bisschen Eifersucht in mir aus.

Ich erinnerte mich streng daran, dass wir nicht zusammen waren und dass wir vielleicht nie dazu bestimmt waren, zusammen zu sein. Natürlich musste ich mich auch daran erinnern, dass es nicht unbedingt etwas bedeutete, nur weil er mit Susie Kaffee trank.

Susie drehte sich um, ihre Augen leuchteten auf, als sie mich sah. »Hi, Moira. Ich habe gehört, dass du wieder zurück bist. Wie geht es dir?«

»Mir geht's gut, und dir?«

»Mir geht's super, wirklich super«, sagte Susie, während ihre Augen zu Liam wanderten und ein schiefes Lächeln über ihr Gesicht huschte.

Obwohl ich sie während meiner Kindheit gekannt hatte, waren wir nicht besonders eng befreundet gewesen. Sie stammte definitiv nicht aus einer Hexenfamilie. Ihre Familie gehörte auch zu der Gruppe von Ortsansässigen, die nichts über die Hexengeschichte der Wickeds und der Goods und einiger anderer Familien wussten. Sie hatte etwas Unschuldiges an sich, das ein bisschen nervig war. Ich hatte keinen Grund, sie nicht zu mögen, aber ich konnte nicht anders, als leicht genervt zu sein von der Art, wie sie Liam anstarrte. Ich musste mich erneut daran erinnern, dass Liam und ich uns vor über drei Jahren getrennt hatten und ich keinen Anspruch auf ihn hatte, egal was meine verrückte Familie behauptete.

Liam trat von Susie weg an meine Seite, fast so, als wolle er es so aussehen lassen, als wäre ich hier, um ihn zu treffen. Während ich darüber nachdachte, sprach er. »Schön, dass du es geschafft hast«, bemerkte er und bestätigte damit prompt meinen Gedankengang.

Obwohl ich keine Ahnung hatte, was er tat, spielte ich gerne mit. »Tut mir leid, dass ich ein paar Minuten zu spät bin«, antwortete ich.

Sein Grinsen veränderte kaum seine Lippenlinie, aber ich erkannte das Funkeln in seinen Augen. »Kein Problem. Ich wollte gerade einen Kaffee für dich bestellen.«

Susie blickte zwischen uns hin und her. »Ich fühle mich so albern. Ich habe Liam mit meinem Freund Timmy verwechselt.«

Liam fing meinen Blick auf, ein Glitzern in seinen Augen. »Du hast es schnell genug herausgefunden«, sagte er zu Susie.

Sie schüttelte mit einem leisen Lachen den Kopf. »Ich kann nicht glauben, dass ich das getan habe.« Sie sah mich an und verdrehte die Augen. »Ich dachte wirklich, er wäre Timmy, und habe versucht, ihn zu umarmen.« Mit einem Blick zu Liam seufzte sie. »Es tut mir so leid. Du musst gedacht haben, ich sei verrückt.«

»Nun, du hast mich sicherlich überrascht, aber kein Schaden entstanden«, erwiderte Liam mit einem verwirrten Lächeln.

Ich spürte, dass etwas nicht stimmte, aber ich hielt es für das Beste, es dabei zu belassen.

»Schön, dich zu sehen, Susie. Wie geht es dir so?«, fragte ich.

»Oh, du weißt schon. Ich lebe einfach mein Leben. Ich helfe meiner Mutter mit ihrer Buchhaltungsfirma. Timmy und ich überlegen, nach Boston zu ziehen, und hier seid ihr beide wieder zurück in Charm Cove. Ist das so eine epische zweite-Chance-Sache?«, fragte sie und lächelte zwischen uns hin und her.

Oh Mann. Unsere sozialen Kreise hatten sich nicht allzu sehr mit Susies überschnitten. Es war klar, dass sie nicht vollständig über unsere ziemlich ereignisreiche Trennung informiert war. Oder vielleicht doch. Sie hatte ja *episch* gesagt.

Ich war kein großer Fan vom Lügen, aber ich wollte wirklich nicht bei diesem Thema verweilen. Ich spürte, wie meine Wangen heiß wurden, und ignorierte es. »Ich hole nur mit alten Freunden auf«, sagte ich und ging über das Thema einfach hinweg.

Susie lächelte, während ihr Handy in diesem Moment praktischerweise klingelte. Sie zog es aus ihrer Handtasche und warf einen Blick auf den Bildschirm. »Oh, ich muss da rangehen. Nett, mit euch zu plaudern!« Sie trat aus der Schlange und nahm ihren Anruf an der Tür entgegen.

Liam und ich warteten schweigend in der Schlange. Wir sagten nichts, während wir jeweils unseren Kaffee bestellten. Obwohl ich nicht vorgehabt hatte, meinen Kaffee hier zu trinken, dachte ich, ich könnte es jetzt genauso gut tun.

Ich setzte mich an einen Tisch in der Ecke, nahm einen stärkenden Schluck meines Kaffees und schaute dann zu Liam hinüber. »Also, worum ging es da gerade?«

»Was?«

»Äh, so zu tun, als würde ich dich hier zum Kaffee treffen.«

Liam lachte und zuckte mit den Schultern. »Oh, sie hat alle möglichen Fragen gestellt, also dachte ich, ich hätte lieber einen einfachen Ausweg. Außerdem, was ist falsch daran, zusammen einen Kaffee zu trinken?«

Ich musterte ihn und zuckte schließlich mit den Schultern. »Nichts. Worüber hat sie denn Fragen gestellt?«

»Sie hat von der Medaillon-Sache gehört und mir erzählt, dass ihr Freund Timmy denkt, es war ein Laser.«

»Häh?« war so ziemlich alles, was mir dazu einfiel.

Liam lachte. »Genau. Jedenfalls kam Juliette heute Morgen vorbei und erwähnte, dass sie Ghost gesehen hat.«

»Was?!«

»Sie wohnt gleich die Straße runter vom Grundstück deiner Eltern. Jedenfalls hat sie ihn gesehen, wie er an einem alten verlassenen Brunnen herumschnüffelte, und sie fand dort zwei zerbrochene Zauberstäbe. Oh, und sie warnte mich, dass meine Mutter genervt ist, weil wir zu lange brauchen, um die Dinge zu klären.«

Juliette war eine von Liams Schwestern. Bevor mein schiefgegangener Zauber versehentlich ein Gebäude in Brand gesetzt hatte, waren sie und ich eng befreundet gewesen. Sie war ein paar Jahre jünger als ich und hatte einen verschmitzten Humor. Meine Wangen wurden wieder heiß. Es war nicht nur meine Familie, sondern auch Liams. Um

Himmels willen, sie hatten keine Ahnung vom Konzept, die Dinge sich entfalten zu lassen.

Liam begegnete meinen Augen mit einem Achselzucken und einem Lachen. »Es ist, wie es ist.«

Einen Moment lang dachte ich, er beziehe sich auf die ganze *Schicksal-Bestimmung-füreinander-bestimmt-Sache* für uns. Aber dann wurde sein Grinsen breiter und er zwinkerte, wodurch klar wurde, dass er scherzte.

Das Traurige war, dass ein Teil von mir − der alberne, törichte Mädchenteil − immer noch an unsere angebliche Bestimmung glauben wollte. Es hatte etwas so Einfaches an sich. Doch gleichzeitig war es einfach und erschreckend.

Obwohl ich die Macht der Hexen und Zauberer verstand und mit den Legenden und Geheimnissen davon aufgewachsen war, war es immer noch ziemlich verblüffend, meinen Verstand darum zu wickeln. Einige Hexen hatten vor ein paar Jahrhunderten einen Zauber auf zwei Familien gesprochen, der für die Ewigkeit bestimmt war. *Das* war eine Art von Magie.

Ich schob diese Gedanken beiseite, verdrehte die Augen und nahm einen Schluck von meinem Kaffee, wobei ich meine Aufmerksamkeit zurück auf Ghost und die zerbrochenen Zauberstäbe lenkte. »Was hat Juliette also mit den Stäben gemacht? Denkst du, sie bedeuten etwas?«

»Sie hat sie zu mir gebracht, und ich habe Jacob gesagt, dass ich sie später vorbeibringen würde. Ich denke, wir sollten ihn einen Blick darauf werfen lassen, bevor ich sie repariere. Findest du nicht?«

»Natürlich, aber... Denkst du, dass es echte Zauberstäbe waren und keine Spielzeuge?«

Da wir in unserem Laden das Äquivalent von Spielzeugzauberstäben verkauften, war es nicht verrückt zu denken, dass zwei Kinder sie irgendwo zurückgelassen hatten, als sie draußen spielten. Das Kribbeln in meinen Fingern deutete auf etwas anderes hin, aber die Frage war es wert, gestellt zu werden.

Liam nahm einen Schluck Kaffee und nickte entschieden. »Oh, sie waren definitiv magisch.«

Ich nahm ein paar Schlucke Kaffee und überlegte, was das bedeuten könnte, wenn überhaupt. Ich war auch neugierig darauf, dass

Ghost sie gefunden hatte. Der alte, verlassene Brunnen war nicht allzu weit entfernt, aber Ghost schien nicht viel herumzulaufen.

»Nun, ich denke, wir sollten bei Jacob nachfragen und von dort aus weitersehen.« Ich wollte seinen Kommentar über seine Mutter nicht direkt ansprechen, aber es fühlte sich an, als würde ich mehr sagen, indem ich ihn ignorierte. »Was deine Mutter betrifft, sie kann sich gerne dem Club mit meiner und Tante Lea anschließen.«

Er lachte. »Ich bin sicher, sie haben bereits miteinander gesprochen.«

Liam hatte tendenziell einen ernsten Gesichtsausdruck. Mit seinen gemeißelten Gesichtszügen, dunklen Haaren und eisblauen Augen konnte er abweisend wirken. Wenn er lächelte, oh, das tat Dinge mit meinem Inneren.

Ich nahm noch einen Schluck Kaffee und schaute auf, als die Kellnerin an unserem Tisch hielt. »Braucht ihr zwei noch etwas? Wir haben frische Scones und Schinkenröllchen, wenn ihr möchtet.«

»Ich hätte gerne ein Schinkenröllchen«, antwortete Liam, seine Augen wanderten zu mir. »Du?«

»Ich nehme das Gleiche«, sagte ich.

Die Schinkenröllchen hier waren himmlisch. Ich hatte seit Jahren keines mehr gegessen. Unsere Kellnerin nickte und eilte davon. Liam stützte einen Ellbogen auf den Tisch, sein Blick wurde ernster. »Ich wollte dich schon fragen, hast du etwas von Lea gehört?«

Ich nahm an, er hatte die gleichen Gerüchte gehört wie ich über ihre Gesundheit. »Ich mache mir Sorgen. Mama auch. Anscheinend fährt sie alle paar Wochen nach Portland zu Arztterminen. Sie will meiner Mutter nicht sagen, was los ist. Hast du etwas von Jacob gehört?«

Liam schüttelte den Kopf. »Nicht mehr als das, aber er sieht besorgt aus. Er ist kein Mann, der sich wegen vieler Dinge Sorgen macht.«

»Ich weiß. Ich hoffe, sie werden es bald jemandem sagen. Ich habe es nicht so geplant, aber mein Timing, nach Hause zu kommen, war gut. Meine Mutter hat keine Zeit, im Laden zu helfen. Sie hat genug mit der Immobilienverwaltung zu tun.«

»Und den Zwillingen«, fügte Liam mit einem Grinsen hinzu.

»Was meinst du?«

»Oh, nur dass sie eine Handvoll zu sein scheinen. Ich bin sicher, sie sind hilfreich, aber ich kann mir nicht vorstellen, dass sie im Laden das Sagen haben. Zu viel Magie direkt in Reichweite ihrer Finger. Du hast früher mit Emma genug Unsinn angestellt.«

Die Erinnerung an diese Tage, als ich in der High School war und Emma und ich nichts Gutes im Schilde führten, sandte eine Welle der Wärme um mein Herz. Es war unmöglich, nicht zu lächeln. Trotz meiner Frustration darüber, wie klein Charm Cove war und wie es war, Teil meiner einzigartigen Familie zu sein, liebte ich es hier.

Ich hatte nicht ganz realisiert, wie sehr ich es vermisst hatte, einfach entspannt sein zu können, was meine Identität betraf. Es war nicht so, dass es schwer war, die Tatsache zu verbergen, dass ich eine Hexe war. Für den Durchschnittsmenschen war die Macht und Magie, die unter den Familien in Charm Cove geteilt wurde, Stoff für Mythen und Legenden. Dennoch war es ein großer Teil von mir, den ich hatte verstecken müssen. Oder zumindest hatte ich das gedacht – alles nur, weil ich etwas so Impulsives und Törichtes getan hatte.

Ich war nicht viel älter, aber drei Jahre waren eine lange Zeit, was den Reifegrad anging. Ich war definitiv klüger geworden.

»Die Zwillinge sind die meiste Zeit zu nichts Gutem zu gebrauchen, aber sie meinen es gut. Ich glaube, sie machen sich auch Sorgen um ihre Mutter.«

»Nun, Jakob rief mich heute Morgen an und sagte, dass sie uns endlich mit dem Medaillon treffen können. Er will niemandem verraten, wo es ist.«

»Ich weiß. Sie sind lächerlich. Als ob wir es jemandem erzählen würden«, sagte ich augenverdrehend.

Liam zuckte mit den Schultern. »Ich glaube nicht, dass es darum geht, uns zu vertrauen. Sie denken, je weniger Leute Bescheid wissen, desto geringer ist das Risiko.«

KAPITEL ZWANZIG

Am darauffolgenden Abend kam Liam mit Onkel Jacob und Tante Lea zu meinem Kutscherhaus. Ghost war von keinem von ihnen beeindruckter als von mir und machte es sich zur Aufgabe, von Jacobs Schulter abzuspringen, als er durch die Tür kam.

Liam schnaubte beim Anblick von Jacob, der zu Ghost hinüberschaute, als dieser anmutig auf dem Boden landete. Jacob, der längst nicht mehr jung und albern war, verdrehte die Augen und schüttelte den Kopf, zu würdevoll, um darauf zu reagieren.

Tante Lea kam mit einem Schwung ihres smaragdgrünen Rocks und einem Zurückwerfen ihrer silbernen Haare herein und sah so hochmütig und elegant aus wie immer. Ich betrachtete sie aufmerksam und versuchte einzuschätzen, wie es ihr ging. Sie war schon immer schlank gewesen, aber jetzt, wo ich genauer hinschaute, wirkte sie ein wenig hagerer als sonst. Sie sah auch leicht erschöpft aus. Ich wollte sie auffordern, uns zu sagen, was los war, aber jetzt war definitiv nicht der richtige Zeitpunkt. Ich führte sie zum kleinen Esstisch an der Seite der Küchentheke.

»Möchtet ihr etwas trinken?«, fragte ich.

»Ich nehme ein Bier«, antwortete Liam.

Jacob schüttelte den Kopf, während Tante Lea sich zu Wort meldete. »Ich nehme bitte ein Glas Wein.«

Ich bediente beide schnell und gab Jacob ein Glas Wasser. Ich hatte den Tisch bereits mit Tellern gedeckt und in der Mitte des Tisches stand ein Tablett mit Häppchen. Es wäre einfach unmöglich, Gäste zu haben, ohne etwas zu essen anzubieten. Ich hatte Hummerpasteten gemacht – kleine Gebäckstücke gefüllt mit Hummer und Frischkäse. Während Jacob schnell zulang, entging mir nicht, dass Tante Lea es nicht tat.

Ich riss mich innerlich zusammen. Jetzt war nicht der Zeitpunkt, zu viel in etwas hineinzuinterpretieren, wenn ich nicht einmal wusste, ob überhaupt etwas nicht stimmte.

Nach ein paar Minuten des Plauderns griff Jacob in die Innentasche seines Blazers. Er war der Inbegriff eines distinguierten Gentleman, fast immer in Anzughose und Blazer gekleidet. Selbst wenn er Jeans trug, steckte er sein Hemd hinein und fügte einen Blazer hinzu, ganz wie mein Vater. Beide hatten etwas Zeitloses an sich – als wären sie durch ein Zeitportal aus der Vergangenheit in die Gegenwart getreten.

Jacob legte das Medaillon vorsichtig auf ein Stück rote Wolle auf dem Tisch. Seit ich das Medaillon in seinem verbrannten Zustand gesehen hatte, waren mehrere Tage vergangen. Es überraschte mich immer noch, es so zu sehen. Das Medaillon war ein perfekter Kreis. Auf der Vorderseite aus Sterlingsilber war ein kompliziertes Wappen unserer Familie eingraviert. Im Inneren befand sich eine Haarlocke einer alten Hexe aus meiner Familie – einer keltischen Hexe aus Irland.

Die Vermischung von Französischem und Irischem in meiner Familie war Stoff für Mythen und Legenden. Macht und Magie durchzogen beide Stränge meiner Familie. Die Geschichte besagt, dass sich die beiden Familien Anfang des 17. Jahrhunderts in Massachusetts durch die erste Heirat einer Hexe und eines Hexers vereinten. Die Details, wann der Name Wicked entstand, blieben verschwommen, aber es hieß, es sei eine Anspielung auf die Tiefe der Macht, die die Familien besaßen, und die Fähigkeit, alle Bedrohungen abzuwehren.

Wie dem auch sei, ich schweife ab, oder vielleicht auch nicht. Kurz gesagt, die Haarlocke stammte von der Hexe aus jener ersten Ehe. Sie hatte vorausgesehen, was in Salem kommen würde und wie es viele mächtige Familien auseinanderreißen und einen Fleck von Angst und Tod hinterlassen würde. Die Wickeds und die Goods waren aufgrund ihrer Warnung nach Maine in den Norden gezogen. Ihre Fähigkeit, Ereignisse vorherzusehen, bevor sie eintraten, war legendär und hatte beide Familien gerettet.

Heutzutage dauerte es vielleicht nur ein paar Stunden, um von Massachusetts nach Maine zu gelangen, aber damals war die Reise von Salem, Massachusetts, bis zur mittleren Küste Maines tagelang, sodass nur wenige die Reise unternahmen oder überhaupt in Betracht zogen. Da die Wickeds und die Goods die Gegend fast zwei Jahrzehnte verließen, bevor die Hysterie ihren Höhepunkt erreichte, gelang es den beiden Familien, ihre Macht fern von den Bedrohungen zu stärken, denen andere magische Familien ausgesetzt waren. Wir überlebten und gediehen. North Salem war jetzt nur noch ein Mythos, während Charm Cove entstanden war.

Wer hätte damals gedacht, dass die Stadt für Touristen so charmant und bezaubernd werden würde? Die Magie zeigte sich für die ganze Welt im Namen der Stadt, und doch bemerkte es niemand.

Das Medaillon lag harmlos in der Mitte des Tisches. Seine Oberfläche war fast vollständig durchgesengt. Jacob öffnete es vorsichtig. Das Haar im Inneren war intakt. Die Länge des schwarzen und silbernen Haares war zu einem engen Kreis gewunden.

Als er das Medaillon schloss, atmete ich im Stillen erleichtert auf. Während Liam die Macht hatte, Objekte in ihren ursprünglichen Zustand zurückzuversetzen, war das Haar meiner Ururgroßmutter kein Objekt. Doch das Haar war es, was die Magie enthielt. Ich hatte nicht gewusst, ob es für ihn möglich wäre, die Magie wiederherzustellen, wenn das Haar selbst verbrannt worden wäre.

Auf ein Nicken von Jacob hin hob Liam das Medaillon. Er hielt es in seinen Händen, umschloss es und ließ seine Augen zufallen. Wir waren alle völlig still. Die Luft begann um uns herum zu summen, schimmernd mit Funken. Es fiel mir manchmal schwer, mir vorzustellen, wie mächtig er war.

Ich hatte so hart versucht, nicht an Magie und die damit verbundene Macht zu denken. Liam jetzt zu beobachten, sein Gesicht ruhig und gelassen. Die Luft um ihn herum nahm einen lavendel-bläulichen Farbton an.

Tante Lea und Jacob waren still, und ich spürte, dass Tante Lea einen Zauber um uns herum wirkte. Sie hatte die Macht zu enthalten, und ich konnte die Wärme fühlen, die uns umgab und den Raum schützte.

Nach einigen Momenten öffnete Liam seine Augen. Das Blau um ihn herum begann zu verblassen. Die Funken fielen langsam zu Boden und trieben außer Sichtweite. Währenddessen hielt Tante Lea den Schutzzauber um uns herum aufrecht, während ich bereit war, uns alle verschwinden zu lassen, wenn nötig. Wer auch immer das Medaillon beschädigt hatte, behielt uns wahrscheinlich alle im Auge.

Liam legte das Medaillon vorsichtig ab, als er seine Hände öffnete. Es war in einwandfreiem Zustand, seine gesamte Oberfläche repariert und ohne Anlaufstellen. Buchstäblich wie neu. In diesem Fall war neu fast vierhundert Jahre alt. Das Medaillon hatte man seit dem Tag seiner Erschaffung nicht mehr so gesehen. Selbst in einer Schutzhülle gut aufbewahrt, war die Oberfläche im Laufe der Jahre angelaufen. Doch jetzt war es perfekt.

Mit einem Blick zu Liam sagte Jacob: »Ich wusste, dass du es kannst.«

Tante Lea blieb ruhig, wahrscheinlich weil sie viel Kraft aufwendete, um den Kreis um uns herum zu halten. Jacob nahm das Medaillon in seine Hände. Zwischen seiner Fähigkeit, Spuren von Zaubern zu sehen, und der Fähigkeit des Medaillons, uns zu sagen, wer ihn gewirkt hatte, wäre jetzt der Zeitpunkt, um herauszufinden, was in jener Nacht geschehen war.

Jacob hielt das Medaillon und schloss die Augen. Die Luft um uns herum begann wieder leise zu summen. Nach einigen Momenten öffnete er die Augen und legte das Medaillon ab. Er war ruhig, als er es in den Stoff wickelte und in die Innentasche seines Blazers steckte.

Erst dann schaute er uns an, sein Blick leicht verwirrt. »Nun, ich hatte Recht damit, dass es einer der Bishops war. Ein Bishop hat den Zauber gewirkt, der dieses Medaillon beschädigt hat, und den Zauber, der in der Nacht gewirkt wurde, als Alvin starb.«

Tante Lea kreiste mit der Hand in der Luft und ließ schließlich den

Schutzzauber um uns herum fallen. Er würde noch eine Weile halten, aber ohne ihre volle Energie würde er schwächer werden. »Nun, welcher der Bishops war es?«, fragte sie.

»Einer der Zwillinge«, erklärte er, immer noch verwirrt dreinschauend. »Das Problem ist, dass das Medaillon zwischen den Zwillingen nicht unterscheiden kann, weil sie identisch sind. Ich bin verwirrt, weil, nun, es ergibt keinen Sinn. Die Zwillinge haben kaum Macht. Wenn mir jemand gesagt hätte, dass sie die Fähigkeit hätten, den Zauber zu wirken, um dieses Medaillon zu beschädigen, hätte ich es nicht geglaubt. Der Zauber, der in der Nacht gewirkt wurde, als Alvin starb, war nichts weiter als ein Stolperzauber. Sicher, das könnte ihn zum Stolpern und Fallen gebracht haben, aber es erklärt nicht warum. Der Zauber war harmlos, sollte nichts mehr als eine Unannehmlichkeit sein. Wenn der Zauber ihn zum Fallen brachte, war es nichts mehr als ein schrecklicher Unfall.«

Wir vier saßen schweigend am Tisch. »Nun«, sagte ich schließlich. »Zoes Mutter ist mit den Zwillingen befreundet. Ich werde mit ihr sprechen.«

»Es ist am besten, wenn wir still bleiben, bis wir mit ihnen sprechen können«, sagte Jacob.

Wirklich? Als ob er das betonen müsste.

Nicht viel später gingen Tante Lea und Onkel Jacob. In der Türöffnung stehend, sah ich zu, wie sie die Schieferplatten hinuntergingen, wobei Jacob seinen Arm um ihre Taille gelegt hatte. Ich wusste nicht, was los war, aber es war klar, dass irgendetwas im Gange war. Obwohl sie zu diesem Zeitpunkt seit vielen Jahren verheiratet waren und dafür bekannt waren, bis über beide Ohren ineinander verliebt zu sein, war Tante Lea so unabhängig wie nur möglich. Die Ausstrahlung, die Jacob jetzt von sich gab, war eine von Beschützerinstinkt und Besorgnis – ungewöhnlich für ihn. Tante Lea war unglaublich mächtig und konnte sich sicherlich selbst behaupten.

Als ich mich umdrehte, sah ich, wie Liam die Teller vom Tisch abräumte und zur Spülmaschine trug. Ich schloss die Tür und ging zur Küchentheke.

»Das brauchst du nicht zu machen. Ich kann mich darum kümmern.«

Er schaute von der Spülmaschine hoch. »Ist schon erledigt.«

Ich lehnte mich mit den Ellbogen auf die Kücheninsel und sah zu ihm hinüber. »Ich mache mir Sorgen um Tante Lea.«

»Ich weiß. Ich auch.«

Da es dazu nichts mehr zu sagen gab, wechselte ich das Thema. »Nun, jetzt müssen wir herausfinden, warum einer der Zwillinge diesen Stolperzauber gewirkt hat. Und wie zum Teufel stellen wir fest, welcher von beiden es war? Und meine Güte, Jacob ist zu angespannt. Als ob wir in der Stadt herumlaufen und über das Medaillon schreien würden.«

Liam lachte leise, drehte sich um und lehnte sich mit den Hüften gegen die Theke. »Du kennst ihn. Er ist meistens zu ernst für sein eigenes Wohl. Was die Bishop-Zwillinge und den Unterschied in ihrer Magie betrifft, solltest du vielleicht deine Cousins fragen.«

Ich lachte. »Eigentlich ein guter Punkt. Das werde ich morgen tun.«

Er stieß sich mit den Hüften von der Theke ab, schlenderte zur Tür hinüber, schnappte sich seine Jacke vom Haken an der Wand und drehte sich zu mir um, als ich zur Tür ging.

Die Luft erwachte wieder zum Leben. Diesmal hatte die darin enthaltene Kraft nichts mit Magie zu tun. Es war ganz gewöhnliche Chemie, die Art, die einfach nicht aufhören wollte, wenn ich in seiner Nähe war. Seine eisblauen Augen erwärmten sich, sein Mund kräuselte sich an einer Ecke.

Gerade als ich mir sagte, dass ich genug Verstand haben sollte, Liam nicht zu küssen, neigte sich sein Kopf zu meinem, und ich vergaß alles andere. Er ging ein paar Minuten später und ließ mich atemlos, errötend und wieder einmal in der Notwendigkeit einer kalten Dusche zurück.

KAPITEL EINUNDZWANZIG

Als ich durch die Haustür im Haus meiner Eltern trat, sah ich meinen Vater, der gerade durch den Flur hinter der Diele ging. »Hey, Papa«, rief ich.

Er schaute in meine Richtung, seine blauen Augen kräuselten sich in den Augenwinkeln, als er lächelte. Als ich an seiner Seite ankam, zog er mich in eine schnelle Umarmung. »Hallo, Liebes.« Wir drehten uns gleichzeitig um, um in die Küche zu gehen. »Es tut mir leid, dass ich nicht da war, als du vor ein paar Wochen zurückgekommen bist.«

»Mama hat mir Bescheid gesagt, dass du für ein paar Wochen beruflich unterwegs sein würdest. Hast du in Boston alles klären können?«

»Natürlich. Ich brauchte etwas mehr Zeit, um einige lockere Enden bei ein paar Geschäftsabschlüssen zu verknüpfen.«

Unter anderem leitete mein Vater eine Investmentfirma, die Jahr für Jahr einen ordentlichen Gewinn erwirtschaftete.

Meine Mutter rief vom Herd aus, als wir die Küche betraten: »Hallo, Liebes.«

Ich ließ mich auf einem Hocker ihr gegenüber nieder, während mein Vater zur Kaffeemaschine in der Ecke ging. »Hey, Mama. Was gibt's heute zum Abendessen?«

Sie rührte einige Gemüsesorten in einer Pfanne auf dem Herd um, ihr Blick huschte zu mir hinunter und wieder hinauf. »Nichts Besonderes. Dein Vater wollte ein Wok-Gericht. Wie läuft's im Laden?«

Bevor ich antworten konnte, rief mein Vater herüber: »Kaffee?«, fragte er, während er die Kaffeekanne hochhielt.

»Nein danke, es ist ein bisschen spät für mich, um noch mehr Koffein zu trinken.«

Mit einem Blick zurück zu meiner Mutter nahm ich den Faden unseres Gesprächs wieder auf. »Im Laden läuft's gut. Es wird immer geschäftiger. Ich vergesse immer, wie schnell es anzieht. Tante Lea hat gesagt, sie kommt morgen zurück.«

»Hast du irgendwas von ihr darüber gehört, was los ist?«, fragte ich.

Meine Mutter seufzte, schaltete den Brenner aus und legte den Pfannenwender auf die Arbeitsplatte. »Nichts. Sie hat angerufen, um mir von dem zu erzählen, was ihr gestern Abend aus dem Medaillon erfahren habt. Denkst du, Zoe wird mit ihrer Mutter sprechen?«

»Natürlich wird sie das. Ich habe es ihr heute schon erwähnt. In der Zwischenzeit dachte ich, ich würde die Zwillinge fragen, ob sie Vorschläge haben, wie wir die Bishop-Zwillinge unterscheiden könnten. Nicht vom Aussehen her, sondern durch Magie«, stellte ich klar.

Meine Mutter verdrehte die Augen. »Oh ja, wäre das nicht schön? Diese beiden«, sagte sie mit einem Kopfschütteln.

Mein Vater ließ sich auf einen Hocker am Ende der Theke sinken. Er hatte etwas Zeitloses an sich mit seinem schwarzen, silberdurchzogenen Haar, seinem wettergegerbten Gesicht, doch seine blauen Augen waren noch immer klar. Er neigte dazu, ruhig zu bleiben, aber ich wusste ohne den geringsten Zweifel, dass er immer zuhörte.

»Hast du Liam in letzter Zeit gesehen?«, fragte meine Mutter, ohne sich zurückzuhalten, neugierig zu sein.

Das war eine alberne Frage, da sie genau wusste, dass ich ihn mit Tante Lea und Onkel Jacob an diesem Abend gesehen hatte.

»Tatsächlich habe ich das. Ich bin ihm gestern Morgen in Magic Beans über den Weg gelaufen. Unter anderem hat er mir erzählt, dass Juliette Ghost bei dem verlassenen Brunnen die Straße runter gesehen hat. Als sie nachschaute, fand sie dort zwei zerbrochene Zauberstäbe.«

Ich war erfreut, etwas so Saftiges zu haben, um meine Mutter von der Fährte zwischen Liam und mir abzubringen.

Meine Mutter schaute auf, ihre Augenbrauen zogen sich nach oben. »Oh? Und?«

»Das ist alles, was ich jetzt habe. Liam hat die Zauberstäbe bei Jacob abgegeben, damit er sein Ding machen kann. Vielleicht kann Liam sie danach reparieren, wenn wir denken, dass es nötig ist.«

Weil sie sich einfach nicht zurückhalten konnte, machte meine Mutter direkt weiter, ihre Neugier bezüglich der Zauberstäbe zu flüchtig, um sie zu zügeln. »Also habt ihr nur Kaffee getrunken?«

»Ja, Mama. Wir haben nur Kaffee getrunken«, antwortete ich und presste die Lippen zusammen, um nicht zu lachen. Vielleicht würde ich ihre Frustration mehr genießen, wenn ich die Einstellung hätte, sie mit Häppchen zu necken.

Als ich zu meinem Vater schaute, sah ich, wie er gegen den Drang zu lachen ankämpfte. »Lach ruhig, Papa. Du kennst Mama.«

Er blickte in ihre Richtung, sein Lächeln liebevoll. »Das tue ich. Sie hat nur dein Bestes im Sinn«, bot er an und hob eine Augenbraue in Richtung meiner Mutter.

Meine Mutter drehte sich weg und öffnete einen Küchenschrank, um Teller herauszuholen. »Ach du meine Güte. Was ist falsch daran, dass ich hoffe, du kommst endlich zur Vernunft?«

»Nun, es ist deine Definition davon, die mich wahnsinnig macht. Um Himmels willen, Liam hat sich gerade erst scheiden lassen. Ich bin gerade erst zurück in die Stadt gezogen. Wir leben nicht mehr im finsteren Mittelalter. Du lässt es klingen, als wäre es eine arrangierte Ehe.«

Meine Mutter seufzte und schüttelte langsam den Kopf, während sie das Wok-Gericht aus der Pfanne auf drei Teller verteilte. »Ein bisschen Hilfe auf dem Weg schadet nie.«

KAPITEL ZWEIUNDZWANZIG

Am nächsten Tag schob ich mich durch den Perlenvorhang im hinteren Teil von Persnickety Potions & Gifts und fand Tante Lea, die an der Theke stand und eine Kiste mit Heilmitteln sortierte. Die kleinen Glasflaschen klirrten leise.

»Ich habe die Zwillinge gestern hier hinten ein bisschen aufräumen lassen. Ich hoffe, sie haben nichts an den falschen Platz gestellt«, sagte ich, als ich mich neben sie stellte und mich mit den Hüften gegen die Theke lehnte.

Tante Lea hielt inne, ihre Hände wurden ruhig. Sie stellte eine weitere Flasche in ein kleines Tablett und drehte sich zu mir um. »Hab ich bemerkt. Danke. Ich weiß, dass sie mit den Kunden gut umgehen können, aber hier hinten sind sie ein bisschen schlampig«, gab sie mit einem Lächeln zu.

Sie war ziemlich nachsichtig mit den Mädchen, aber das waren wir alle. Obwohl sie zu Unfug neigten, hatten sie gute Herzen.

»Ich helfe gerne, wann immer du mich brauchst.« Als ich sie ansah, überlegte ich, ob ich einfach fragen sollte, was los war. Einen Moment zögerte ich. Aber dann machte ich weiter. »Tante Lea, ich bin sicher, du kannst dir denken, dass sich alle ein bisschen Sorgen um dich machen. Kannst du mir sagen, ob bei dir alles in Ordnung ist?«

Tante Lea, fast immer bestimmt, hochmütig, elegant und ohne Firlefanz, wirkte leicht unsicher. Ihre Stirn runzelte sich, während sie den Mund verzog. Nach einem tiefen Atemzug verließ die Anspannung ihr Gesicht. »Ich weiß, Liebes. Ich habe Brustkrebs. Ich wollte nicht darüber reden, weil ich nicht wollte, dass sich jemand Sorgen macht. Anfangs sah es nicht so aus, als würde ich viel Behandlung brauchen. Das hat sich jetzt geändert. Mein Arzt denkt immer noch, dass ich durchkomme. Ich sollte es wohl allen mitteilen.«

Mein Herz zog sich zusammen. Es war selten, Verletzlichkeit in ihrem Blick zu sehen, aber sie war da, flackernd in der Tiefe ihrer Augen. Ich ging auf sie zu und zog sie in eine Umarmung. »Du wirst das überstehen. Ich weiß, dass du es schaffst. Ich nehme an, Jacob weiß es«, sagte ich mit einem Hauch von Frage in meiner Stimme.

Tante Lea trat zurück und lächelte sanft. »Natürlich weiß er es. Und er macht sich Sorgen. Ich versuche ihm ständig zu sagen, dass alles gut wird. Ich bin nicht besonders gut darin, krank zu sein, wie du dir sicher denken konntest. Ich hasse es, wenn Leute um mich herumwuseln.«

Ich kicherte. »Darum machst du dir Sorgen? Ich werde es zur Regel machen, dass niemand um dich herumwuseln darf.«

Sie verdrehte die Augen und drückte meine Schulter.

»Wenn du uns wissen lässt, was los ist, können wir dir helfen. Außerdem, wenn jemand einen Zauber hervorbringen kann, der dir hilft, dann Mama und Tante Penelope.«

Heilung war nicht so einfach wie andere Formen der Magie. Meine Mutter und Tante Penelope, die dritte der drei Schwestern, hatten gewisse Heilkräfte. Aber Krebs würde weitaus mehr erfordern als ein einfaches Heilmittel. Ich unterdrückte den Drang, darauf hinzuweisen, dass es gut gewesen wäre, wenn sie es ihnen früher mitgeteilt hätte. Ich konnte mir nur vorstellen, wie schwer das für sie war. Tante Lea neigte dazu, das Leben anzugehen, als wäre sie unverwundbar. »Versprich mir, dass du es Mama heute sagst. Sie und Penelope werden helfen wollen.«

Tante Lea seufzte und verdrehte die Augen, wobei sie einen Hauch ihres üblichen Glamours zeigte. »Na ja, ich kann es schlecht dir erzählen und dann versuchen, es vor ihnen geheim zu halten.«

Diesmal verdrehte ich die Augen. »Hey, ich bin nicht der Tratsch hier. Ich stecke nicht meine Nase in die Angelegenheiten aller anderen. Na ja, nur manchmal.«

Tante Lea lachte leise. »Apropos Neuigkeiten, diese beiden Zauberstäbe, die Juliette gefunden hat, gehören den Bishop-Zwillingen. Ein Glück, dass Ghost zufällig dort unterwegs war. Wo wir gerade davon sprechen, warum ist es so, dass jedes Mal, wenn etwas passiert, du und Liam darüber plaudern?«, fragte sie spitz.

Ich stemmte eine Hand in die Hüfte und funkelte sie an. »Du gibst einfach nicht auf, oder? Wir haben einen weiteren Hinweis, der auf die Bishop-Zwillinge deutet, und du übergehst das einfach, um nach Liam zu fragen.«

»Das ist nur, weil ich dich liebe«, erwiderte sie mit hochgezogener Augenbraue. Bei meinem Kopfschütteln fuhr sie fort: »Was die Hinweise betrifft, gibt es damit nicht viel anzufangen. Wir müssen abwarten. Obwohl Jacob feststellen konnte, wem die Zauberstäbe gehörten, waren sie vollständig beschädigt und ihrer Magie beraubt. Selbst nachdem Liam sie wiederhergestellt hatte, waren sie nicht mehr als dekorative Stäbe.«

»Meine Güte. Sie wollten wirklich, dass diese Zauberstäbe nutzlos sind.«

»Allerdings. Jedenfalls, zurück zu Liam...«

Ich unterbrach sie. »Bitte. Lass es«, sagte ich bestimmt.

Tante Lea, mittlerweile wieder voll in ihrem Element, spitzte einfach die Lippen und fixierte mich mit ihren leuchtenden Augen. »Du zögerst nur. Das Schicksal ist das Schicksal, und es gibt nichts, was du tun kannst, um es aufzuhalten.«

Ich wusste, dass es sinnlos war, über dieses Thema zu diskutieren, also ging ich weiter. »Brauchst du heute Nachmittag Hilfe hier?«

»Danke, aber nein. Die Zwillinge werden bald hier sein.«

»Wo wir gerade von den Zwillingen sprechen, kann Jacob den Unterschied zwischen ihrer Magie erkennen?«

Tante Lea nickte und folgte mühelos meinem Gedankengang. »Natürlich. Aber sie sind seine Töchter. Ich meine, er kennt sie so gut wie niemand sonst. Die Bishop-Zwillinge zu unterscheiden ist eine andere Sache. Sie sind eineiige Zwillinge, und genau wie Celia und Delia, sind auch ihre Kräfte identisch.«

»Hast du was dagegen, wenn ich die Zwillinge danach frage?«

»Nur zu«, sagte sie mit einem Grinsen. »Sie werden heute Nach-mittag arbeiten, aber du könntest sie später abholen.«

»Perfekt. Ich hatte ohnehin vor, bei Emma vorbeizuschauen und zu fragen, ob sie einen Kaffee trinken will, also können wir sie vielleicht später treffen.«

KAPITEL DREIUNDZWANZIG

Später an diesem Abend lehnte ich mit meinen Ellbogen auf dem Tisch im Enchanted Spirits. Ich hatte den Nachmittag mit den Zwillingen verbracht. Ich hatte sie mit Kaffee und Muffins bei Magic Beans bestochen. Allerdings hatte ich nicht besonders viel erfahren. Sie behaupteten, es gäbe nur einen Weg, wie man den Unterschied zwischen ihrer Magie erkennen könnte. Die Farbe. Sie schworen, dass immer wenn Celia Zauber wirkte, ein violettes Schimmern zu sehen war, während es bei Delia blau war. Sie stellten die Vermutung an, dass es bei den Bishop-Zwillingen – Sally und Rae – genauso sein würde.

Emma hatte mich an der Haustür empfangen, als ich die Zwillinge absetzte, und war mit mir ins Enchanted Spirits gekommen. Wir hatten hier erst hingehen dürfen, als wir volljährig waren, zu welchem Zeitpunkt ich schon auf dem College war. Damals hatte ich bereits die kleine Katastrophe mit dem brennenden Gebäude verursacht, also war dies das erste Mal seit Jahren, dass ich hier war.

Ich ließ meinen Blick durch die alte Bar schweifen. Im Gegensatz zu vielen Orten in der Innenstadt von Charm Cove war das Enchanted Spirits ursprünglich ein Pub gewesen. Es nahm das gesamte Erdgeschoss des North Salem Inn ein. Anders als viele Unternehmen aus dieser Zeit hatte die Familie beschlossen, den Namen nicht zu ändern.

Im Erdgeschoss des Gasthofs befanden sich auf der einen Seite der Empfangsbereich und auf der anderen der Pub. Der Pub servierte, wenig überraschend, standardmäßige Pub-Gerichte mit einem lokalen Twist. An der Küste Maines gehörten dazu frittierte Meeresfrüchte, Burger, Pommes und dergleichen, und natürlich Hummerrollen. Man konnte in einer Stadt an der Küste Maines keine zehn Schritte gehen, ohne ein Schild für Hummerrollen zu sehen. Die Debatte darüber, wer die besten Hummerrollen herstellte, würde bis in alle Ewigkeit dauern, so vermutete ich.

Enchanted Spirits hielt ihre Hummerrollen einfach mit nichts anderem als geschmolzener Butter und frischem Hummer aus dem Hafen von Charm Cove. Ich schaute über den Tisch zu Emma. Emma war die älteste Tochter von Tante Lea und Onkel Jacob, und wir waren zusammen aufgewachsen, so eng wie Geschwister. In der Mitte meiner Geschwister zu sein, ließ mich oft in der Mitte gefangen, ohne Wortspiel beabsichtigt. Ich hatte zwei ältere Brüder und zwei jüngere Brüder, also war Emma das Nächste, was ich zu einer Schwester hatte.

Sie hatte die schwarzen Haare ihrer Mutter und die blauen Augen der Familie Good. Emma war ziemlich mächtig, tatsächlich wie ich selbst. Es war nichts, worüber ich in letzter Zeit viel nachgedacht hatte, aber ich hatte Macht von beiden Seiten meiner Familie geerbt. Mein Vater war ein Wicked, direkt abstammend von der ursprünglichen Ehe, während meine Mutter aus der Familie Levesque kam, die auf ihre eigene Art auch mächtig war.

»Also, es klingt so, als hätten dir die Mädchen eine Menge Nichts gegeben«, sagte Emma und nahm den Faden unseres Gesprächs wieder auf.

Ich kicherte leise und nahm einen Schluck von meinem Bier. »Ich würde nicht sagen, dass es nichts war. Sie schwören, dass ihre Magie unterschiedliche Farben hat. Aber glaubst du, sie haben sich das einfach ausgedacht?«

Emma schüttelte den Kopf, während sie einen Schluck von ihrem Bier nahm. »Definitiv nicht. Ich habe es selbst gesehen. Weiß der Himmel, wie das dir helfen soll herauszufinden, welche der Bishop-Zwillinge diese Zauber gewirkt hat. Hast du an dem Tag im Laden mit dem Medaillon eine Farbe gesehen?«

Ich zögerte, meine Erinnerung blitzte zurück zu jenem Nachmittag. Der Lichtblitz war hauptsächlich hellgold gewesen, hatte aber einen orangefarbenen Schimmer. Ich traf Emmas Blick und zuckte mit den Schultern. »Irgendwie schon, wenn ein bisschen Orange zählt. Aber es ist nicht so, als würden sie gestehen. Ich sag dir, eine Sache, die ich von Charm Cove nicht vermisst habe, ist der ganze Drama. Man hätte denken können, mein Leben in New York City wäre aufregender gewesen. Aber nein. Die Dinge sind hier immer aufregender.«

Emma grinste und lehnte ihren Ellbogen auf den Tisch. Sie war einen Moment still. »Ich bin froh, dass du wieder zu Hause bist. Ich hoffe, du bleibst«, sagte sie schließlich.

Als ich sie anstarrte, löste sich der Knoten der Anspannung in meiner Brust etwas. Eine Sache, auf die ich mich bei Emma immer verlassen konnte, war, dass sie mich nicht unter Druck setzen würde. Sie mochte mich necken, aber das war alles. Sie verstand mit perfekter Klarheit, wie es war, in unserer Familie aufzuwachsen und mit dem Gewicht der Erwartungen durch die gesamte Kindheit hindurch umzugehen.

Andere Kinder machten sich Sorgen darüber, zur Alma Mater ihrer Eltern zu gehen, oder ihre Noten zu halten, oder in das Familienunternehmen einzusteigen. Währenddessen machten wir uns Sorgen über Dinge wie Schicksal aus Jahrhunderten zuvor und ob wir die übernatürlichen Kräfte haben würden, die wir brauchten, um zu tun, was auch immer wir in unserem Leben tun sollten.

Das konnte ein bisschen schwer werden. Sozusagen.

»Weißt du, ich hatte meine Gründe, wegzubleiben, aber ich werde wahrscheinlich bleiben. Wage es ja nicht, loszulaufen und es allen zu erzählen«, sagte ich und hielt inne, um meinen Finger in ihre Richtung zu schwenken.

Emma verdrehte die Augen. »Du weißt, dass ich das nicht tun würde.«

»Ich denke, ich dachte, wenn ich mich einfach irgendwo hinsetze, wo nicht überall, wohin ich mich drehe, Magie ist, könnte ich diesen Teil von mir selbst vergessen. Aber das ist irgendwie unmöglich.«

»Nun, du hast dir ein paar Jahre Auszeit gegönnt. Außer unseren Familien weiß niemand, was mit dir und Liam passiert ist, außer dass ihr Schluss gemacht habt. Es ist nicht so, als müsstest du dich dafür schämen.«

»Ich habe ein Gebäude in Brand gesetzt, Emma«, sagte ich, bevor ich einen dringend benötigten Schluck Bier nahm.

Emma lachte und zuckte dann mit den Schultern. »Na und? Niemand wurde verletzt. Du warst einfach ein bisschen eifersüchtig. Außerdem war dieses Mädchen ein Idiot. Ich habe sie einmal getroffen, weißt du.«

»Hast du?«, fragte ich, unfähig, meine Neugierde zu unterdrücken.

Emma nickte und machte eine Pause, als unsere Kellnerin bei unserer Nische anhielt. »Was kann ich für euch Mädels bringen?«

»Ich nehme eine Hummerrolle und noch ein Bier, wenn Sie schon dabei sind«, antwortete ich.

»Für mich dasselbe«, sagte Emma.

Mit einem Nicken drehte sich unsere Kellnerin weg.

»Okay, also du hast Liams Ex getroffen?«, fragte ich und interessierte mich viel zu sehr für ihre Antwort.

»Jawohl. Vanessa war okay. Es war von Anfang an offensichtlich, dass sie wahrscheinlich nicht hätten heiraten sollen. Ich meine, sie war einfach ein normales Mädchen. Sicher, Liam ist verdammt heiß, aber das war etwa sechs Monate nach ihrem Zusammenkommen. Schon da konnte man sehen, dass sie ihm auf die Nerven ging. Ich bin froh, dass er zur Vernunft gekommen ist. Und jetzt seid ihr beide wieder zu Hause. Was denkst du, was das bedeutet?«

»Oh bitte. Fang nicht mit dem ganzen Schicksalsding an.«

Emma verdrehte die Augen. »Ich rede nicht von Schicksal. Ich rede von der Tatsache, dass ihr beide immer noch verrückt nacheinander seid.«

Ich spürte, wie meine Wangen heiß wurden, und schüttelte einfach lachend den Kopf. »Vielleicht, vielleicht auch nicht. Aber diesmal möchte ich, dass wir eine Chance haben, dahin zu kommen, ohne dass es vorher schon ein abgeschlossener Deal für alle in unseren gesamten Familien ist.«

»Gut genug«, sagte sie.

»Also, was ist mit dir los? Triffst du dich überhaupt mit jemandem zurzeit?«, fragte ich und lenkte den Fokus von mir weg.

Emma zuckte mit den Schultern. »Ich weiß nicht.«

»Was meinst du mit, du weißt nicht?«

»Nun, du weißt, dass ich mit Joey Hanson ausgegangen bin, diesem Typen aus Brunswick, richtig?«

»Ja, ich habe ihn getroffen, als ich letztes Jahr über die Feiertage hier war. Er schien nett zu sein.«

»Ist er auch, aber er hat irgendwie ausgeflippt eines Tages, als ich nicht nachgedacht habe. Ich habe versehentlich einen Zauber vor ihm gewirkt letzten Monat. Er hat mich seitdem nicht angerufen. Falls du dich fragst, ob es sich lohnt, deine Magie zu verbergen, nein, tut es nicht«, sagte sie mit einem Seufzen.

»Hast du versucht, mit ihm darüber zu reden?«

Hexen und Hexer neigten dazu, innerhalb der Hexenwelt zu heiraten, aber nicht immer. Leider gab es viele Zweifel und Ängste bezüglich der bloßen Existenz von Hexen in der Welt, also war Joeys Reaktion kein Schock.

»Ich habe versucht, ihn zu fragen, ob wir reden können, aber er hat mich immer noch nicht zurückgerufen.«

»Naja, dann scheiß auf ihn«, bot ich an.

»Ich muss diese Einstellung kultivieren. Er hat sich wegen etwas so Kleinem aufgeregt. Alles, was ich getan habe, war, eine traurige Blume zum Blühen zu bringen. Ich kann durchaus verstehen, warum du dachtest, es wäre einfacher, so zu tun, als ob Magie nicht existieren würde«, sagte sie mit einem wehmütigen Lächeln.

»Manchmal denke ich immer noch, es wäre einfacher. Aber wir können nichts anderes sein als wer wir sind, oder zumindest versuche ich, mir das zu sagen.«

Emma blickte zur Tür, ihre Augen leuchteten auf. »Nun, sieh mal einer an, es ist Liam.«

Ich funkelte sie an. »Wird das jetzt immer so sein? Jedes Mal, wenn er zufällig in der Nähe ist, ist es eine *Sache*.«

Emma zuckte mit den Schultern. Obwohl sie vielleicht nicht so aufdringlich war wie ihre Mutter, war sie genauso unverbesserlich und genauso direkt. Wie ihr nächster Kommentar bewies.

»Oh, ich rede vielleicht nicht ständig über Schicksal und Bestimmung und all diesen Bullshit, aber du hattest es echt schlimm für ihn. Ich glaube nicht, dass du jemals über ihn hinweggekommen bist.«

Innerhalb weniger Minuten war Liam neben mich in die Nische gerutscht, während sein Cousin Nathan sich neben Emma setzte.

Nathan grinste mich an. »Nun, hallo, hallo. Ich habe gehört, du bist zurück in der Stadt.«

»Bin ich tatsächlich. Wie geht's dir, Nathan? Ich höre, du leitest jetzt den Leuchtturm.«

Er blitzte ein verschmitztes Grinsen. Es mangelte nicht an Charme in der Familie Good. »Das tue ich.«

»Gefällt es dir?«, fragte ich.

»Es ist kinderleicht. Er läuft immer noch mit Magie. Ich kann es nicht mal Arbeit nennen«, antwortete er.

»Kaum zu glauben, dass dieser alte Zauber noch funktioniert«, kommentierte ich.

»Ich weiß, oder? Alles, was ich tun muss, ist, das Gebäude selbst zu warten«, bot er mit einem Grinsen an.

Emma stieß ihn mit dem Ellbogen an. »Du nimmst nie etwas ernst.«

Nathan schaute zu ihr rüber. »Wer sagt denn, dass das Leben ernst genommen werden muss?«

»Nun, du könntest es ernster nehmen, dass niemand zu wissen scheint, was mit Alvin passiert ist«, sagte sie schnaubend.

Zu seiner Ehre wurde Nathan sofort ernster. »Ich weiß. Alvin war ein anständiger Kerl. Haben wir schon einen Hinweis? Reden wir immer noch von Mord oder war es ein Unfall? Ich habe gehört, du hast das Medaillon repariert«, sagte er und deutete auf Liam.

In diesem Moment kam unsere Kellnerin, um die Hummerrollen zu servieren, uns frische Biere zu bringen und Liam und Nathan wie durch Zauber ihr Lieblingsbier vom Fass zu liefern. Offensichtlich waren sie Stammgäste hier. »Sonst noch was, Jungs?«, fragte sie, während eine leichte Röte ihre Wangen überzog.

Ich unterdrückte ein Stöhnen und widerstand dem Drang, mit den Augen zu rollen. Falls ich die Wirkung vergessen hatte, die die Good-Männer auf Frauen in der Stadt hatten, wurde ich prompt daran erinnert. Nathan war genauso teuflisch gut aussehend wie Liam mit den gleichen pechschwarzen Haaren und eisblau Augen. Er war nicht ganz so groß und bedrohlich aussehend und trug eine Teufel-mag-sich-kümmern-Attitüde, aber er war genauso attraktiv und viele Augen waren auf ihn gerichtet.

Sie bestellten beide, während Nathan schamlos mit der Kellnerin flirtete. Sobald die Kellnerin sich umdrehte, ihre Wangen feuerrot, als alles vorbei war, stieß Emma ihn erneut an. »Du hast keine Scham. Du weißt, dass dieses Mädchen fürchterlich in dich verknallt ist. Du wirst dich nie mit ihr einlassen, also solltest du sie nicht zum Narren halten.«

Nathan hob eine Augenbraue, und da bemerkte ich, dass Emmas Haltung ihm gegenüber etwas gereizter war, als ich erwartet hätte. Selbst bei der gedämpften Beleuchtung konnte ich die Röte auf ihren Wangen sehen.

»Nichts geht über ein bisschen Spaßflirten. Plus, warum kümmert es dich? Du hast deinen Freund aus Brunswick.«

»Das hat nichts mit mir zu tun,« sagte Emma schnaubend. »Außerdem haben Joey und ich Schluss gemacht. Nicht dass dich das etwas anginge. Ich möchte nur die Luft reinigen, bevor du mich weiter damit aufziehst.«

Liam fing meinen Blick auf, und ich platzte fast vor Lachen. Wie üblich war der einzige Hinweis darauf, was er dachte, ein Funkeln in seinen Augen und der leichteste Zug in seinem Mundwinkel. So sehr ich mir auch wünschte, er würde mich nicht beeinflussen, tat er es doch. Schlimm. Ein kleines Flattern drehte sich in meinem Bauch. Ich ignorierte es und lenkte das Thema ab. »Apropos Alvin, ich habe von Tante Lea gehört, dass Jacob bestätigt hat, dass diese zerbrochenen Zauberstäbe den Bishop-Zwillingen gehörten, aber was auch immer mit ihnen passiert ist, hat jegliche Magie, die sie hatten, ausgelöscht.«

Liam nickte, bevor er einen Schluck von seinem Bier nahm. Als er es absetzte, schaute er um den Tisch. »So ziemlich. Wir dachten, vielleicht nachdem ich sie restauriert habe, würde es helfen, aber kein Glück. Was auch immer sie oder jemand anderes getan haben, hat jede Magie gelöscht, die die Stäbe hatten.«

Emma schüttelte langsam den Kopf. »Sally und Rae sind so ziem-

lich die letzten Personen, von denen ich *gedacht* hätte, dass sie irgendetwas zu tun hätten mit, naja, irgendetwas. Ich meine, sie leben seit
Ewigkeiten zusammen, sie halten sich für sich, und... Es ist einfach
seltsam, dass sie immer wieder bei dieser Sache mit Alvin und dem
Medaillon auftauchen.«

»Genau. Ich meine das nicht böse, aber sie sind einfach zwei süße
Damen«, sagte Nathan. »Ich hatte sogar vergessen, dass sie Hexen
waren, bevor diese Sachen passierten.«

Ich versuchte mich zu erinnern, wann ich die Bishop-Zwillinge
zuletzt gesehen hatte. Sie gingen grundsätzlich überall zusammen hin
und sahen genau gleich aus. Obwohl viele Hinweise in ihre Richtung
deuteten, schien nichts auf irgendein Motiv hinzudeuten. Alvin war
tot, unser Medaillon war beschädigt worden, und jetzt waren diese
zufälligen Zauberstäbe ohne ersichtlichen Grund zerbrochen. Nichts
davon ergab einen Sinn.

Mit einem mentalen Kopfschütteln setzte ich mich zum Essen.
Wir konnten so viel spekulieren, wie wir wollten, aber gerade jetzt
brauchten wir mehr als das. Wir brauchten einen weiteren Hinweis.

Ein paar Tage später, überbrachte Zoe uns einige Neuigkeiten. Ihre
Mutter bestätigte, dass beide Bishop-Zwillinge definitiv in der Stadt
waren in der Nacht, als Alvin im Brunnen ertrank.

»Aber das ist nicht das Wichtigste«, verkündete Zoe.

»Was noch?«, fragte Celia, ihre Augen hell und viel zu neugierig.

»Nichts, was du hören müsstest. Warum geht ihr zwei nicht und
holt uns allen einen Kaffee?«, fragte ich und zog einen Zwanziger aus
meiner Handtasche.

Delia war blitzschnell an Celias Seite. »Ja! Wir kommen zurück«,
verkündete sie, während sie ihren Arm mit Celias verschränkte und sie
zur Tür hinaus hüpften.

In der Minute, in der sie außer Sichtweite waren, wandte ich mich
an Zoe. »Okay, raus damit.«

Zoe grinste. »Anscheinend ist Alvin *ständig* zu ihnen nach Hause gegangen. Meine Mutter ist ziemlich überzeugt, dass er mit einer von ihnen zusammen war, aber sie konnte nie herausfinden, mit welcher.«

»Ist das dein Ernst?«, fragte ich.

»Vollkommen.«

»Nun, hmmm. Ich frage mich, was das bedeutet.«

»Keine Ahnung, aber Mom hat sie alle paar Wochen zum Tee, also werden wir zufällig das nächste Mal dabei sein, wenn es passiert.«

KAPITEL VIERUNDZWANZIG

Meine Mutter stand mitten in der Küche und funkelte Tante Lea wütend an. »Ich kann nicht glauben, dass du nicht früher etwas gesagt hast!« Sie warf die Hände in die Luft, bevor sie sich abwandte.

Ich stand zufällig hinter ihr und sah die Tränen in ihren Augen glitzern. Wie ich selbst und der Rest unserer Familie neigte meine Mutter dazu, wütend zu werden, wenn sie emotional war.

Sie begegnete meinem Blick, ihr Mundwinkel verzog sich nach unten, als sie zitternd Luft holte. Sie drehte sich wieder um und ging schnell zu Tante Lea, die an der Küchentheke saß, warf die Arme um sie und umarmte sie fest. Als sie zurücktrat, flossen ihre Tränen ungehindert.

»Ich habe mir solche Sorgen gemacht. Wir alle. Hast du schon mit Penelope gesprochen?«, fragte sie.

Als wäre sie durch die Namensnennung herbeigerufen worden, ertönte die Stimme meiner Tante Penelope aus dem Foyer. Der Klang der Haustür, die hinter ihr zufiel, und ihre Schritte folgten ihrer Begrüßung.

Tante Leas Augen glänzten vor Tränen, als Penelope die Küche betrat und in der Türöffnung innehielt, während sie zwischen meiner Mutter und Tante Lea hin und her schaute. Penelope war die Jüngste der drei und hatte das gleiche silberne, von schwarzen Strähnen durchzogene Haar und leuchtend grüne Augen. Sie war wunderschön und schlank. Sie bewegte sich mit derselben Eleganz, hatte aber einen verspielteren Stil. Heute trug sie einen rosa Rock mit riesigen Gänseblümchen darauf, kombiniert mit einer weißen, fließenden Bluse. Als sie eine Hand auf ihre Hüfte stützte, klimperten ihre silbernen Armbänder leise.

Manchmal fragte ich mich, ob das Tragen von Unmengen Armreifen genetisch bedingt war. Man könnte durchaus dafür argumentieren. Jede Frau unter den Wickeds und den Goods trug für gewöhnlich ein Bettelarmband und eine Menge anderer, außer Emma und mir natürlich. Natürlich waren es keine gewöhnlichen Bettelarmbänder. Die Anhänger enthielten echte Magie. Ich hatte meines nach dem Verbrennungsvorfall versteckt. Einer der Anhänger sollte angeblich etwas darstellen, das Liam und mich verbinden würde. Du weißt schon, das ganze Schicksalsding.

Penelope trat in den Raum und blieb zwischen meiner Mutter und Tante Lea stehen. Sie blickte zwischen ihnen und mir hin und her und fragte: »Warum weinen alle?«

Als ihr Blick auf mich fiel, bemerkte ich, dass auch meine eigenen Wangen feucht waren.

Tante Lea holte tief Luft, bevor sie sprach. »Ich wollte es euch beiden sagen. Ich habe Brustkrebs. Ich werde wieder gesund«, sagte sie bestimmt, als könnte sie es allein durch ihren eisernen Willen wahr machen.

Penelopes Augen füllten sich mit Tränen und dann teilten die drei eine Gruppenumarmung. Als sie sich voneinander lösten, rief ich: »Soll ich Tee machen?«

»Ja, bitte«, sagte meine Mutter und stieß sich von der Küchentheke ab. Sie eilte ins Badezimmer und kam mit einer Schachtel Taschentücher zurück.

Sogar ich brauchte eines, um meine Augen abzuwischen. Ich stellte Wasser auf und holte Tassen aus dem Küchenschrank.

Für einen Moment waren sie still. Penelope und meine Mutter blickten einander an und dann zu Tante Lea. »Nun, wir werden sehen, was wir tun können. Was sagt dein Arzt?«, fragte Penelope.

Nachdem sie ihre Tränen abgetupft hatte, holte Tante Lea tief Luft und sammelte sich. »Sie denkt, es wird gut gehen. Ich hätte es euch wahrscheinlich früher sagen sollen, aber zuerst dachten sie, ich bräuchte keine Operation. Jetzt brauche ich sie doch. Jacob macht sich Sorgen, und ich hatte einfach das Gefühl, dass es Zeit war, es euch zu sagen.«

»Ich wünschte, du hättest es uns früher gesagt«, meinte Penelope.

Tante Lea seufzte. »Ich will keine Umstände machen, und ihr wisst, dass ich es hasse, wenn man um mich herumwuselt.«

»Sagt die Frau, die um jeden herumwuselt«, erwiderte meine Mutter mit einem Augenrollen.

Ich kicherte und stellte eine Auswahl an Teesorten auf die Theke.

Penelope sah Tante Lea an und schüttelte den Kopf. »Du beschwerst dich vielleicht darüber, dass man um dich herumwuselt, aber wir werden es trotzdem tun, also finde dich damit ab.«

Tante Lea zuckte mit den Schultern. »Mir geht's gut. Ich *werde* das durchstehen. Bitte kümmert euch um Jacob. Ich hatte gehofft, eine von euch könnte mit mir nach Portland zur Operation kommen.«

»Ich werde mitkommen«, sagten Penelope und meine Mutter wie aus einem Mund.

Nach etwas mehr Sorge um Tante Lea bestand sie darauf, dass sie aufhören sollten, sich Gedanken um sie zu machen. »Lass uns weitermachen. Ich würde gerne wissen, ob Zoe schon Gelegenheit hatte, mit ihrer Mutter zu sprechen«, sagte sie und richtete ihren Blick auf mich.

»Ja. Wir werden zufällig dort sein, wenn Sally und Rae zum Tee vorbeikommen. Das ist morgen Nachmittag. In der Zwischenzeit bietet Daniel nicht viel an. Zoe denkt, er ist damit beschäftigt, Alibis zu überprüfen und zu überlegen, ob es einfach ein Unfall gewesen sein könnte.«

»Es war kein Unfall. Ich weiß nicht, ob jemand die Absicht hatte, Alvin zu töten, aber wir wissen von Jacob, dass in jener Nacht ein Zauber von einem der Bishop-Zwillinge gewirkt wurde. Und diese beiden...« Tante Lea schüttelte langsam den Kopf.

»Diese beiden was?«, fragte ich.

»Die sind einfach verrückt. Ich meine, Celia und Delia sind sich so ähnlich, aber sie sind auch so unterschiedlich. Sally und Rae trugen in der Highschool die gleiche Kleidung. Bei ihnen passt alles zusammen. Ich fand das alles ein bisschen zu viel.«

Meine Mutter mischte sich ein. »Genau die gleichen Persönlichkeiten auch. Sie sehen nicht nur gleich aus, sie verhalten sich auch gleich. Was ich an Celia und Delia liebe, ist, dass sie so unterschiedlich sind. Ich meine, manchmal machen sie mich wahnsinnig, aber es macht Spaß.«

Tante Lea nickte. »Ich weiß. Ich beschwere mich darüber, aber ich liebe es, dass sie so anstrengend sind.«

Die Themen wechselten zu leichteren Angelegenheiten. Ich war erleichtert, dass Tante Leas Situation nun offen lag. Wir machten uns vielleicht Sorgen, aber zumindest wussten wir jetzt, was los war, und konnten für sie da sein.

KAPITEL FÜNFUNDZWANZIG

Am nächsten Nachmittag legte ich meine Füße auf den Hocker in Betsy Bakers Haus. Betsy war Zoes Mutter und für alle, die sie kannten, einfach Bets. Ich hatte während meiner Kindheit so viel Zeit hier verbracht, dass es sich fast wie zu Hause anfühlte. Bets lebte in einem alten Kolonialhaus. Es war rechteckig mit hohen Fenstern im ganzen Haus, und jeder Raum war fast ein perfektes Quadrat. Holzböden und hohe Decken verliehen ihm ein klassisches Flair.

Das heutige Wohnzimmer war einst der formelle Salon. Es gab noch einige Antiquitäten hier und da, aber Bets hatte eine neue gemütliche Eckcouch mit einem riesigen Hocker in der Mitte. Zoe und ich faulenzten, während wir Tee schlürften und an Keksen knabberten. Zoes Familie war eine Mischung aus Franzosen und Briten. Ganz nach typisch britischer Art genossen sie jeden Nachmittag Tee. Wie versprochen hatte Bets uns eingeladen, damit wir zufällig da wären, wenn sie Sally und Rae, die Bishop-Zwillinge, zum Tee empfing. Anscheinend tat sie das alle paar Wochen mit ihnen.

Als die Türklingel läutete, konnte ich Bets' Schritte hören, als sie zur Haustür ging. Ihre Stimme drang ins Wohnzimmer. »Hallo, meine Damen, schön, dass Sie es heute zu mir geschafft haben.«

Innerhalb weniger Sekunden führte Bets Sally und Rae ins Wohnzimmer. Ich hatte sie seit Jahren nicht gesehen, aber sie sahen noch immer gleich aus. Beide hatten rotes Haar, das von weißen Strähnen durchzogen war, und große blaue Augen. Anders als bei Celia und Delia konnte ich die beiden um nichts in der Welt auseinanderhalten. Ich konnte Celia und Delia vermutlich nur deswegen unterscheiden, weil ich sie kannte, seit sie Babys waren. Ein kleines Detail, auf das ich zählen konnte, um sie zu unterscheiden, waren ihre Augen. Celia hatte ein leicht größeres linkes Auge, während Delia ein leicht größeres rechtes Auge hatte.

Sally und Rae ließen sich in zwei Sesseln gegenüber der Couch nieder, während Bets und Zoe sich mit ihnen unterhielten, als wäre dies ein gewöhnlicher Nachmittagstee. Zoe und ich hatten vereinbart, dass ich die Neugierige spielen würde, die gerade zurück in die Stadt gezogen war. Ich dachte daran als schlau-dumm spielen. Als das Gespräch zu lockerem Klatsch überging, wie etwa ob Beatrice Powers' Wanderclub morgens die Bürgersteige in der Innenstadt überfüllte, beschloss ich, neugierig zu werden. Anstatt sie zu gemütlich werden zu lassen, dachte ich, ich könnte mehr Glück haben, wenn ich direkt einsteige.

»Also, meine Damen, was denkt ihr über all diese Gerüchte darüber, was mit Alvin Pearson passiert ist?«

Sally und Rae sahen sich an und dann gleichzeitig zu mir zurück. Ihre Gesichtsausdrücke waren ruhig, allerdings hatten sie beide eine leichte Röte auf den Wangen. Da ich selbst hellhäutig war, fühlte ich einen Anflug von Schuld. Wenn es eine Sache gab, die unmöglich zu verbergen war, dann war es Erröten. Mit ihren roten Haaren und der blassen Haut gab es keine Möglichkeit, es zu verbergen.

Sallys Augen verengten sich, bevor sie einen Schluck Tee nahm. Vorsichtig stellte sie die Teetasse auf den Tisch neben ihr und schob ihre Brille die Nase hoch. »Nun, natürlich sind wir genauso besorgt wie alle anderen. Wir hoffen, dass es nichts weiter als ein schrecklicher Unfall war.«

Zoe stimmte ein. »Es ist so traurig. Alvin hat mir früher immer geholfen, meine Treppe im Winter zu schaufeln, als ich noch diese kleine Mietwohnung in der Innenstadt hatte.«

Obwohl wir Bets versichert hatten, dass sie sich zurückhalten könne, stieg sie direkt ein. Aber dann hätte ich es wissen müssen. Bets war eine Kraft, mit der man rechnen musste. Sie war selbst eine mächtige Hexe und tendierte dazu, mittendrin zu sein, wenn in Charm Cove etwas los war. Mit ihren kurzen silbernen Haaren und ihren durchdringenden blauen Augen vibrierte sie förmlich vor Energie. Wie ich vermutet hatte, ging sie direkt auf den Punkt. »Ich habe mich gefragt, ob ihr zwei etwas wüsstet«, sagte sie mit unschuldigem Tonfall. »Ich weiß, dass Alvin früher ständig bei euch zu Besuch war.«

Rae warf Sally einen Seitenblick zu und dann zurück zu Bets, bevor sie in Tränen ausbrach. Innerhalb weniger Sekunden schluchzte und jammerte sie und wiederholte immer wieder Alvins Namen. Man konnte mit Sicherheit sagen, dass sie eine ziemlich dramatische Heulsuse war.

Währenddessen sah Sally beunruhigt aus, ihre Augen wanderten zwischen uns hin und her. »Worüber regst du dich so auf?«, fragte sie Rae, ihr Ton leicht genervt.

Rae hörte lange genug auf zu weinen, um ihre Augen auf ihre Schwester zu verengen. Ich hatte keine Ahnung, was zwischen ihnen vorging, aber sie schienen eine ganze Unterhaltung zu führen, ohne ein Wort zu sagen.

»Du weißt genau, worüber ich aufgebracht bin. Das ist alles deine Schuld«, sagte Rae schließlich mit einem Schniefen.

Oh prima. Vielleicht würden wir tatsächlich irgendwohin mit ihnen kommen.

»Was ist alles ihre Schuld?«, fragte Bets.

»Es war nichts als ein Unfall«, murmelte Rae, ihre Wangen wurden rot und Tränen flossen erneut mit einem weiteren Jammern.

»Was war ein Unfall?«, fragte ich und warf Zoe diskret einen Blick zu.

Sie hob ihre Teetasse und nahm langsam einen Schluck mit hochgezogener Augenbraue.

»Alvin hatte eine Affäre mit Sally«, sagte Rae zwischen Schluchzern.

»Eine Affäre?«, wiederholte Bets.

»Es war eigentlich andersherum«, sagte Sally nachdrücklich. »Alvin hatte eine Affäre mit Rae.«

Ich schaltete mich ein. »Okay, lasst mich versuchen, das richtig zu verstehen. War Alvin nicht verheiratet?«

Sally und Rae nickten im Einklang. Bets warf ein: »Er war mit Janet Pearson verheiratet. Sie ist vor ein paar Jahren als Lehrerin in Rente gegangen. Sie ist kaum da, weil ihre Mutter in einem Pflegeheim in Portland ist.«

»Okay, also es klingt, als hätte Alvin mit euch beiden eine Affäre gehabt. Stimmt das?«, fragte ich.

»Nein!«, riefen sie unisono, jede wetteiferte darum, am beleidigsten auszusehen.

Bets durchbrach das Patt. »Was meint ihr mit Affäre?«

Raes Wangen wurden noch röter, während Sallys Lippen sich verengten. »Das geht euch nichts an, aber Janet war nie da, und Alvin hatte, nun... Bedürfnisse.«

»Okay, also eine stinknormale Affäre«, fügte ich hinzu.

Mit einem Schnauben nickte Sally.

»Es klingt also, als ob ihr zwei von Alvin reingelegt wurdet«, bot Bets an.

Sally und Rae hörten endlich auf, sich gegenseitig anzufunkeln, und schauten zu Bets. Sally schnaubte wieder und lehnte sich in ihrem Stuhl zurück. »Er hat sich zuerst in mich verliebt. Aber er hat mich belogen.«

»Du denkst nur, du warst zuerst mit ihm zusammen«, sagte Rae mit einem Schnauben. »Er hat uns beide belogen.«

»Ach so. Nun, dann klingt es, als hätte Alvin ein ziemlich praktisches Arrangement gehabt«, sagte Bets.

Oh je. Meine Sinne standen gerade in Flammen mit einem Kribbeln entlang meiner Wirbelsäule und Fingern. All das wegen eines untreuen Mannes, der es mit Zwillingen trieb! Ich blieb auf das Gespräch fokussiert und hoffte, dass Sally und Rae die Punkte für uns verbinden würden.

Sally verschränkte die Arme fest. »Wir haben nie über irgendetwas gestritten vor ihm, niemals, in unserem ganzen Leben. Ich kann immer noch nicht glauben, dass er das getan hat.«

»Nicht um schwierig zu sein, meine Damen, aber hatte eine von euch oder hattet ihr beide etwas mit dem zu tun, was Alvin passiert ist?«, fragte ich.

Rae begann wieder zu schluchzen. »Es war ein Unfall!«

»Warum erzählt ihr uns nicht, was passiert ist?«, fragte Zoe ruhig, fing meinen Blick auf und schüttelte langsam den Kopf, als könnte sie dieses Gespräch kaum glauben. Da es mir genauso ging, verstand ich das total.

Weder Sally noch Rae achteten auf uns. Das Einzige, was sie anders zu machen schienen, war zu weinen. Während Rae ziemlich dramatisch war, war Sally still, Tränen liefen leise ihre Wangen hinunter.

Bets reichte mehr Taschentücher. Rae putzte sich die Nase und seufzte, blickte schließlich wieder auf. »Als wir beide herausfanden, was er tat, waren wir zuerst wütend aufeinander. Wir haben über eine Woche lang nicht miteinander gesprochen. Das brach mir das Herz. Schließlich beschlossen wir zu reden und erkannten, dass keine von uns wusste, was er tat. Aber wir waren wütend auf Alvin.«

Sally nickte heftig. »Könnt ihr das glauben? Er hat mit uns beiden rumgevögelt? Als ob wir das nicht irgendwann herausfinden würden!«

Zoe, Bets und ich nickten gemeinsam. »Natürlich kann ich mir vorstellen, dass ihr wütend auf ihn wart«, fügte Bets hinzu.

»Ich meine, sie ist die andere Hälfte von mir«, warf Rae ein, ihre Augen wieder wässrig.

Sally bekam Tränen in die Augen und schnappte sich ein Taschentuch aus der Schachtel, die Bets hinhielt.

Die beiden waren ein Anblick für sich. Als sie sich wieder gefasst hatten, fragte ich: »Und was ist dann passiert?«

»Wir wollten ihm nie wehtun. Wir wollten ihn nur ärgern und ihm das Leben schwer machen. Also haben wir zusammen einen Stolperzauber gewirkt, weil er sowieso ziemlich ungeschickt ist«, erklärte Rae.

»Und um ehrlich zu sein, er war auch nicht so toll im Bett«, fügte Sally hinzu.

Ich hätte fast meinen Tee ausgespuckt, während Zoe sich fast an einem Keks verschluckte. Bets' Augen wurden tellergroß, und sie biss sich auf die Lippe. Ich konnte erkennen, dass sie so hart wie möglich versuchte, nicht zu lachen, aber ein Schnauben entwich ihr trotzdem.

Rae fuhr fort: »So ist das also passiert. Die Sache ist, wenn wir zusammen Zauber wirken, sind sie doppelt so stark. Wir dachten, es wäre lustig. Wir dachten, er würde über sich selbst stolpern.«

»Wir haben nicht erwartet, dass er versuchen würde, nach Hause zu laufen. Er hätte ein Taxi nehmen sollen«, fügte Sally hinzu.

Zoe beäugte sie. »Er wohnte zwei Blocks von Enchanted Spirits entfernt. Warum sollte er fahren oder ein Taxi nehmen, wenn der Spaziergang nur ein paar Minuten dauert?«

Ihre Bemerkung löste eine weitere Runde Schluchzer von Rae aus. Mehr Taschentücher wurden ausgeteilt, und Bets entschuldigte sich, um mehr heißes Wasser für den Tee zu holen.

»Okay, also habt ihr an diesem Abend einen Stolperzauber auf Alvin gelegt, und es scheint, er ist in den Brunnen gefallen und ertrunken. Was habt ihr dann getan?«, fragte ich.

Bets kehrte mit frischem heißem Wasser zurück und füllte die Teetassen nach.

»Nun, wir wussten, dass eure Familie mittendrin sein würde, weil ihr es immer seid«, sagte Sally vorwurfsvoll. »Die Wickeds und die Goods mischen sich in jedermanns Angelegenheiten ein.«

Ich lehnte mich in meinem Stuhl zurück und unterdrückte den Drang, mit den Augen zu rollen. »Ich bin seit drei Jahren nicht mehr in der Stadt gewesen, also könnt ihr mir das nicht vorwerfen. Obwohl ich wohl sagen würde, dass sich mehr Leute in unsere Angelegenheiten einmischen als umgekehrt.«

»Und Daniel ist der Polizeichef«, warf Zoe ein. »Warum habt ihr angenommen, dass er nicht die Ermittlungen leiten würde?«

»Oh, ich bin sicher, das tut er, aber er ist kein Hexenmeister«, sagte Sally mit einer abweisenden Handbewegung. »Jacob Good«, sagte sie und zeigte in meine Richtung, als wäre ich Jacob selbst. »Herr Zauber-Sensor. Wir dachten, das Einzige, was auf unserer Seite war, ist, dass wir Zwillinge sind. Alvin war tot, also konnte Jacob ihn nicht berühren, um herauszufinden, wer ihn beeinflusst hat.«

Die Zwillinge waren jetzt auf einer Rolle und ließen einfach die ganze Geschichte heraus.

»Richtig«, stimmte Rae ein. »Dann erinnerte ich mich, dass ihr dieses verrückte Medaillon habt, das ihr unter Verschluss haltet. Also dachten wir, wir würden unsere Kraft noch einmal verdoppeln. Wir wissen, dass ihr uns wahrscheinlich die ganze Zeit auslacht, weil wir nicht sehr mächtig sind, aber unsere Kräfte zusammen sind viel stärker. Wir wussten nicht, ob wir es schaffen würden, aber wir haben dieses Medaillon verbrannt. Dann haben wir die Zauberstäbe von der Magie befreit und sie zerstört.«

Aha. Das erklärte die Zauberstäbe hinreichend.

»Ich wette, ihr habt es bereits repariert«, sagte Sally mit einem Funkeln und einem Schnauben. »Aber ihr werdet nichts gegen diese Zauberstäbe tun können.«

Oh je. Sie war Teil des versehentlichen Tötens ihres untreuen Liebhabers gewesen, aber hey, es war wirklich wichtig, dass sie sich um die Zauberstäbe gekümmert hatten. Ich beschloss, dazu zu schweigen und warf einen Blick zu Zoe und dann zurück zu den Zwillingen. »Wie auch immer, der Zauber, den ihr zwei gewirkt habt, hat dazu geführt, dass Alvin gefallen ist und dann starb. Es war nur ein Unfall, aber ich denke, ihr solltet Daniel aufsuchen und mit ihm reden.«

Rae brach in Tränen aus, während Sally mich anfunkelte.

———

Später am Abend folgte Zoe mir in Enchanted Spirits. Nach heute brauchten wir *dringend* einen Drink. Es hatte eine gute Stunde Überredungskunst gekostet, um Sally und Rae zu überzeugen, dass sie mit Daniel sprechen mussten. Nachdem sie zugestimmt hatten, weigerten sie sich, von ihren Stühlen aufzustehen, und behaupteten, die Schuldigste solle den Weg anführen. Sie trieben Sturheit zu neuen Höhen. Zoe hatte schließlich einfach Daniel angerufen. Er war zum Haus gekommen und hatte sie zur Wache gefahren. Er war mit seinem Latein am Ende, was er mit ihnen anfangen sollte. Ich meine, womit beschuldigt man zwei betrogene Frauen, wenn sie einen ziemlich harmlosen Zauber ausgesprochen haben und am Ende jemand ertrunken ist? Letztendlich hatten sie nicht beabsichtigt, Alvin zu töten, aber genau das war passiert.

Zoe und ich schnappten uns eine Nische in der Ecke, bestellten eine Flasche Wein und Hummerrollen. Ich lehnte mich mit einem Seufzer zurück und schaute zu ihr rüber.

»Na, all diese Sorge und es war ein Unfall. Wer hätte gedacht, dass Alvin so rumkommt?«

Zoe lachte leise. »Ich weiß. Mein Gott, er spielte mit beiden hinter dem Rücken seiner Frau.«

»Ich weiß. Es ist jedoch schrecklich, was passiert ist. Um seiner Frau willen hoffe ich irgendwie, dass Daniel einen Weg finden kann, um geheim zu halten, was vor sich ging. Was denkst du, wofür wird Daniel sie anklagen?«

Zoe rollte mit den Augen. »Weiß der Himmel. Ich habe keine Ahnung. Was das Geheimhalten betrifft, wenn seine Frau die ganze schmutzige Geschichte wissen will, wird er sie ihr erzählen müssen.«

»Ich nehme an, ja. Nun, vielleicht wusste sie es bereits.«

Zoe seufzte und zuckte mit den Schultern. »Wer weiß?«

Unsere Kellnerin kam mit unserer Flasche Wein, und wir ließen uns zurücksinken. Nach ein paar Schlucken Wein sah ich zu ihr hinüber. »Also, ich habe beschlossen zu bleiben.«

»Wirklich?«, sagte Zoe, ihre Augen wurden groß und ein Lächeln breitete sich auf ihrem Gesicht aus.

»Jap. Ich habe es vermisst, hier zu sein. So verrückt wie es hier manchmal zugeht, es ist gut, zu Hause zu sein.«

»Was glaubst du, wirst du tun?«, fragte sie.

»Ich denke, ich werde Tante Lea wissen lassen, dass ich gerne die Führung von Persnickety Potions & Gifts übernehmen würde. Ich weiß, sie liebt es, aber mit ihrem Brustkrebs gerade jetzt denke ich, hat sie andere Dinge, auf die sie sich konzentrieren sollte.«

Zoe nickte langsam. »Das hat sie. Ich hoffe, es wird ihr gut gehen.«

»Ich auch. Du kennst sie aber, sie ist eine Kämpferin.«

»Das will ich meinen«, erwiderte Zoe mit einem Grinsen.

Wir hoben unsere Gläser zum Toast – darauf, dass ich nach Hause kam, darauf, dass wir endlich das Mysterium gelöst hatten, was mit Alvin passiert war, und auf Tante Leas Gesundheit.

Zoe blickte wieder zur Tür, ihre Augen bekamen ein Funkeln.

»Untersteh dich«, warnte ich, in Erwartung, dass sie mir gleich sagen würde, Liam sei gerade zur Tür hereingekommen.

»Nun, es sagt schon was aus, dass du weißt, warum ich gelächelt habe«, erwiderte sie mit einem Zwinkern.

Ich rollte mit den Augen. »Ich habe vielleicht entschieden, dass ich in Charm Cove bleibe, aber das ist bisher alles. Ich weiß nichts über Schicksal.«

EPILOG

Ein paar Wochen später schaute ich auf, als zwei Frauen in Persnickety Potions & Gifts kamen. Es war ein Samstag Mitte Mai, Hochsaison für Kunden. Der Laden war voll und die Zwillinge mittendrin, kümmerten sich um Kunden und bewältigten den Ansturm an der Theke.

Ich musste sie im Auge behalten und sicherstellen, dass sie keinen Unfug anstellten, aber ich kannte mich mit der Art von Unfug, den sie anrichten konnten, bestens aus. Die zwei Frauen näherten sich der Theke. Ich stufte sie als Touristinnen ein, wahrscheinlich aus Boston oder New York, beide gut gekleidet in Stoffhosen und Blusen.

Eine von ihnen, ihre dunklen Haare in einem kurzen Bob geschnitten, lächelte nervös. »Wir suchen einen Liebeszauber«, sagte sie mit geröteten Wangen.

»Wir haben mehrere Liebeszauber. Suchen Sie nach etwas Bestimmtem?«

»Nun, wir arbeiten in New York City. Diese Frau, die im Nachbargebäude arbeitet, Kristy, schwört, dass ihr Ex-Verlobter hier hochkam und irgendeinen Zauber kaufte. Er dachte, es sei ein Witz. Jedenfalls hat er deshalb mit ihr Schluss gemacht. Jetzt ist er Hals über Kopf in die Empfangsdame dort verliebt«, erklärte sie.

Die Frau stieß ihre Freundin neben ihr an, deren Wangen knallrot wurden. »Sie ist die Empfangsdame in ihrem Büro und steht total auf ihren Chef. Also dachte ich, wir sollten hier vorbeischauen. Maine ist sowieso so ein wunderschöner Ort, also sind wir fürs Wochenende hierher gefahren.«

»So sollte das Leben sein«, bot Delia mit einem süßen Lächeln an, als sie vorbeiging.

Ich musste mir so fest auf die Zunge beißen, dass ich mir ziemlich sicher war, dass sie Bremsspuren hatte. Wie groß waren die Chancen, dass sie von meinem ehemaligen Chef sprachen?

»Kennen Sie zufällig den Namen des Mannes, der hier den Zauber gekauft hat?«, fragte ich.

Die braunhaarige Frau sprach diesmal. »Brian Ross. Er leitet eine Investmentabteilung bei New York Investments.«

Ich kämpfte dagegen an, loszulachen, und war größtenteils erfolgreich. Also hatte der Liebeszauber bei der Empfangsdame für Brian gewirkt. Ich konnte es kaum glauben. Ich müsste ein bisschen Nachforschungen anstellen und ein paar Freunde in New York anrufen, um den Klatsch zu erfahren. Es war zu perfekt, wenn Brian, der so ein arroganter Idiot war, Hals über Kopf in die Empfangsdame verliebt war. Bei Liebeszaubern gab es keine Garantie. Der Vorteil war, dass, wenn einer funktionierte, er die Person in der Regel völlig verrückt machte, also würde Brian hoffentlich kein Idiot zu ihr sein.

»Ich glaube, ich habe genau das Richtige für Sie«, sagte ich und bedeutete ihnen, mir zu folgen. Wir schlängelten uns durch Kunden und Auslagen. Das echte Medaillon war nicht in die Vitrine zurückgelegt worden. Nachdem Liam die kaputte Vitrine repariert hatte, hatte Jacob das echte Medaillon durch eine Fälschung ersetzt. Die Hoffnung war, dass niemand, der sich dafür interessierte, woanders danach suchen würde.

Ich ging direkt zu dem Regal mit verschiedenen Flaschen mit Zaubertränken und Heilmitteln und nahm eine Flasche *Liebe findet einen Weg* aus dem Regal. Es gab etwa zehn verschiedene Liebeszauber, aus denen sie wählen konnten, aber dieser war der harmloseste. Ich dankte den Sternen, dass ich die letzten Wochen die Zaubertränke gehandhabt hatte, sodass ich darauf vertraute, dass keiner davon zu stark war.

Sie waren schwach genug, dass sie nur wirken würden, wenn andere Faktoren im Spiel waren. Die beiden Frauen kauften freudig mehrere Flaschen zur Sicherheit. Ich wünschte ihnen alles Gute und drückte ihnen die Daumen, als sie eilig davongingen.

Als der Tag voranschritt und Kunden kamen und gingen, stellte ich fest, dass ich es genoss, hier zu sein, genau wie früher. Charm Cove hatte seinen Charme, Wortspiel nicht beabsichtigt. Familie und Freunde waren hier, und es war eine enorme Erleichterung, meine Kräfte nicht ständig abschalten und einen ganzen Teil von mir ignorieren zu müssen, einen zentralen Teil von mir.

Wir waren gerade dabei, den Laden zu schließen, als Funken, speziell blaue und lila Funken, aus der Ecke des Ladens kamen. Ich wusste sofort, dass Celia und Delia wieder einige Tricks auf Lager hatten. Leider hatten wir noch jede Menge Kunden.

Eine ältere Frau blickte hinüber, ihre Augen weit aufgerissen. »Oh mein Gott! Was war das? Ich höre verrückte Dinge über echte Hexen hier«, sagte sie zu ihrer Freundin neben ihr.

Ohne ein Wort ging ich in die Ecke, wo ich Celia und Delia kichernd vorfand. Beide hielten Zauberstäbe in ihren Händen. Ich vermutete, dass sie den Zauberstäben mehr als nur ein bisschen Magie verliehen hatten.

Ich warf ihnen einen strengen Blick zu und nahm einen anderen Zauberstab aus dem Regal. »Nur ein bisschen Glitzer«, rief ich, während ich ihnen die Zauberstäbe aus den Händen riss.

Die ältere Frau schaute herüber, als ich wieder nach vorne kam. Ich schwenkte den nicht-magischen Zauberstab in der Luft, und ein kleiner Spritzer blauen Glitzers kam heraus.

Währenddessen hatten Celia und Delia genug Verstand, schleunigst zu verschwinden und sich zu verteilen, um den Laden vor dem Schließen aufzuräumen. Ich führte ein strafferes Regiment als Tante Lea, wenn auch nur, weil ich genau wusste, wie schelmisch die Zwillinge sein konnten. Als Emma und ich als Teenager hier gearbeitet hatten, waren wir ständig zu Unfug und allerlei Unsinn aufgelegt gewesen.

Als solche war ich den Zwillingen gegenüber auf der Hut, und das begriffen sie allmählich. Sie machten sich auch Sorgen um ihre Mutter, also wollte ich ihnen nicht den ganzen Spaß verderben. Tante Lea ging es okay. Sie hatte meiner Mutter und Penelope erlaubt, sie zu ihren letzten Terminen zu begleiten.

Emma kam vorbei, um die Zwillinge abzuholen, und ich drehte das Schild an der Tür auf *Geschlossen*, bevor ich die Abendlichter einschaltete. Die Glocke klingelte hinter mir, als ich die Tür schloss und abschloss. Ich steckte meine Schlüssel in die Tasche und schlenderte über die Straße, um einen Spaziergang um den Park zu machen.

Falls du dich fragst, Sally und Rae wurden wegen kriminellen Unfugs und fahrlässiger Tötung angeklagt. Eine ziemlich ungewöhnliche Anklage, aber durchaus passend. Sie waren gegen Kaution frei und würden es wahrscheinlich auch bleiben. Sie stellten sicherlich keine Gefahr für irgendjemanden dar, solange sie sich nicht wieder in eine doppelte Affäre verwickeln ließen.

Bei so vielen Dingen, die passierten, hatte meine Familie mich glücklicherweise mit Liam und unserem angeblichen Schicksal in Ruhe gelassen. Das bedeutete nicht, dass nichts passiert war. Tatsächlich traf ich ihn an diesem Abend.

Ich hatte beschlossen, das Schicksal mit meinen eigenen Händen zu packen, anstatt mich von ihm herumschubsen zu lassen.

———

Wenn du Updates zu meinen neuen Veröffentlichungen und anderen Neuigkeiten erhalten möchtest, melde dich für meinen Newsletter an: subscribepage.io/sTrNBG

Für mehr Unfug, Magie & Chaos in Charm Cove, blättere weiter für einen Vorgeschmack auf Hex Me Not, das nächste Buch in der Wicked Good Mystery Serie!

EXCERPT: HEX ME NOT

MOIRA WICKED

Während der Herbst in Maine Einzug hielt, erstrahlte Charm Cove in einem Farbenmeer, die Blätter der Bäume bildeten einen leuchtenden Hintergrund in Rot, Gold, Orange und Lila. Der Herbst war eine unserer geschäftigsten Jahreszeiten für Persnickety Potions & Gifts. Als ich eines Morgens über den Stadtplatz schlenderte und die frische Luft, den Duft von Holzrauch und die herrlichen Farben genoss, traf ich auf Beatrice Powers. Wie üblich powerte sie durch ihre Runde um die Stadt und ließ den Rest ihrer Nordic-Walking-Gruppe mit ihren fliegenden Ellbogen und ihrem mehr als flotten Schritt weit hinter sich.

Sie kam schlitternd zum Stehen, als sie mich sah. »Moira Wicked. Wie geht es Ihnen?«, fragte sie mit leuchtenden braunen Augen und kurz geschnittenen silbernen Haaren, die unter der frühen Morgensonne glänzten. Sie erinnerte mich an einen Kolibri, ihre Energie vibrierte ständig, selbst wenn sie stillstand.

»Mir geht es gut, Beatrice. Und Ihnen?«

»Ausgezeichnet, ausgezeichnet. Ich habe gehört, dass Sie Persnickety Potions & Gifts übernommen haben. Stimmt das?«

»Nun, unsere ganze Familie besitzt es, aber im Moment hat Tante Lea andere Dinge, auf die sie sich konzentrieren muss, daher übernehme ich größtenteils die Leitung.«

Größtenteils war hier das entscheidende Wort, da meine *ganze* Familie *viele* Leute bedeutete, die alle nur zu gerne ihre Meinung darüber teilten, wie alles gehandhabt werden sollte. Meine Mutter und Tante Lea waren die beiden, die mich am ehesten herumkommandieren würden, wie ich den Laden führen sollte, aber sie würden mich so oder so herumkommandieren, ob sie nun die Befugnis dazu hätten oder nicht. Das war eine einfache Tatsache meines Lebens. Aber ich sah keinen Sinn darin, Beatrice gegenüber darüber ins Detail zu gehen.

Beatrice nickte schnell, ein besorgter Ausdruck huschte über ihr Gesicht. »Ich habe von Lea gehört. Richten Sie ihr bitte meine Grüße aus. Ich habe sie ermutigt, meiner Walking-Gruppe beizutreten. Ich meine, das kann nur helfen, oder?«

Ich biss mir auf die Innenseiten meiner Wangen, um nicht zu lachen. Zu versuchen, sich Tante Lea beim Nordic Walking vorzustellen, nun, das war definitiv schwer vorstellbar. Sie war sicherlich in guter Form und war es immer gewesen, aber sie war nicht gerade der Typ für Gruppenübungen. Sie bevorzugte ihre einsamen Wanderungen und solche Dinge. Sie liebte auch das Schwimmen. Den ganzen Sommer über ging sie morgens früh im Meer schwimmen.

Ich lächelte und nickte einfach. »Nun, Sie wissen ja, dass sie in Form bleibt. Ich bin mir aber nicht sicher, ob Nordic Walking ihr Ding ist.«

Beatrice presste die Lippen zusammen und stützte eine Hand auf ihre schlanke Hüfte. Es war schwer zu glauben, dass sie über neunzig Jahre alt war. Ich nahm an, sie war eine lebende, atmende Werbung für Nordic Walking. »Also gut. Wenn Sie jemals Lust haben, sich uns anzuschließen, sind Sie ebenfalls willkommen. Ich werde später im Laden vorbeischauen, weil ich ein paar Dinge brauche.«

Damit powerte sie davon, ihre Ellbogen schwingend, während sie sich beeilte, ihre Gruppe einzuholen. Ich setzte meinen Weg fort und hielt bei Magic Beans an. Ich brauchte etwas Kaffee, bevor ich meinen Tag im Laden begann. Beatrices Kommentar über Tante Lea blieb in meinen Gedanken hängen. Sie fuhr immer noch hin und her nach

Portland für ihre Arzttermine. Sie sprach nicht gerne darüber, aber sie bestand darauf, dass sie den Brustkrebs besiegen würde.

Die Laubtouristen waren in Magic Beans, einem der beliebtesten Cafés von Charm Cove, in voller Stärke vertreten. Die Tische waren voll besetzt, und es gab eine ziemlich lange Schlange, die fast bis zur Tür reichte. »Laubtouristen« war der freundliche Spitzname für die vielen Touristen, die speziell nach Neuengland kamen, um die Herbstfarben zu sehen. Sobald die Blätter begannen, ihre Farben zu wechseln, waren sie spektakulär und die Fahrt wert.

Da Charm Cove an einer Küstenstraße in Maine liegt, folgten die Laubtouristen ihr nach Norden, um jede malerische Stadt zu besichtigen und die kombinierte Aussicht auf die Berge und das Meer zu genießen. Wir waren nur südlich von der Bar Harbor-Gegend und dem gefeierten Acadia Park. Viele Touristen verbrachten ein paar Tage hier, bevor sie dorthin weiterzogen.

Ich stellte mich hinten in die Schlange und schaute mich nach bekannten Gesichtern um. Trotz meines anfänglichen Widerstands, nach Hause zurückzukehren, erinnerte ich mich jetzt, da ich hier war, an das, was ich daran liebte. Obwohl ich meine Zeit in New York City genossen hatte, waren selbst wenn ich ein paar Freunde traf und zu vertrauten Orten ging, die Gesichter bei so viel vibrierender Energie immer anders.

Hier in Charm Cove sah ich, selbst mit den Laubtouristen, die Magic Beans füllten, eine Mischung aus vertrauten Gesichtern. Ich atmete den Duft von frischem Kaffee und Backwaren ein und warf einen Blick auf meine Uhr, wobei ich mich fragte, ob ich genug Zeit hatte, meinen Kaffee zu holen und trotzdem pünktlich den Laden zu öffnen. Es würde knapp werden, aber ich könnte es wahrscheinlich schaffen.

Ich kümmerte mich in der Schlange um meine eigenen Angelegenheiten, als jemand meinen Namen hinter mir flüsterte. Als ich mich umdrehte, blickte ich in Opal Goods Gesicht. Da Liam Good und ich uns vorsichtig trafen und versuchten, es geheim zu halten, hatte ich zufällige Begegnungen mit verschiedenen erweiterten Familienmitgliedern von uns, die aufgeregt über uns waren und ständig nach Informationen angelten. Ich wappnete mich, dasselbe von Liams Tante Opal zu hören.

Opal trug wie üblich ihre schwarze Hose und weiße Bluse. Ihr silbernes Haar war zu einem Dutt gebunden, komplett mit einem antiken silbernen Zigarettenhalter, der hindurchgesteckt war. Groß und schlank, musste sie sich herunterbeugen, um mir ins Ohr zu flüstern. »Jemand ist letzte Nacht in unser Haus eingebrochen und hat mehrere Gegenstände gestohlen. Hast du heute Morgen schon von deiner Mutter gehört?«

Okay, das war *so* gar nicht die Begrüßung, die ich erwartet hatte. Mit geweiteten Augen schaute ich sie an und schüttelte den Kopf. »Nein, ich habe noch nicht mit ihr gesprochen. Warum fragst du?«

»Weil ich gerade mit ihr telefoniert habe. Bei ihnen wurde auch eingebrochen.«

Oh verdammt. In Charm Cove wurde es nie langweilig.

»Was wurde gestohlen?«, fragte ich und hielt meine Stimme leise, während sich die Schlange langsam vorwärts bewegte. Ich zog mein Handy heraus und stellte fest, dass ich drei verpasste Anrufe von meiner Mutter hatte. Sie muss angerufen haben, während ich fuhr, und ich hatte es seitdem nicht überprüft.

Opal hielt meinem Blick stand und verengte ihre durchdringenden blauen Augen. »Wichtige Dinge«, war alles, was sie anbot.

Ach du liebe Güte. Sie packte diese Neuigkeit aus und wollte vage bleiben. Ich fluchte innerlich. »Weißt du, was bei meinen Eltern gestohlen wurde?«

Opal schüttelte schnell den Kopf. »Nein, aber ich weiß, dass es wichtige Sachen waren. Sie wollte, dass wir uns alle treffen.«

»Alle?«

Opal nickte ziemlich energisch. »Abgesehen von uns, ist jemand in den Leuchtturm eingebrochen. Ein Wicked oder ein Good besitzt, wie du weißt, den Leuchtturm, seit er gebaut wurde. Daher ist es einer der wenigen Orte, an dem wir gemeinsame Geschichte haben, und wichtige Gegenstände werden dort aufbewahrt. Wir haben ein Problem.«

In diesem Moment betraten ein paar neue Kunden hinter ihr das Café, und Opal wechselte sofort das Thema. »Wann öffnet der Laden heute, Liebes? Ich wollte vorbeikommen.«

Ich warf einen Seitenblick auf ein Paar Touristen hinter uns. »In fünfzehn Minuten. Willst du einfach mit mir rübergehen?«, fragte ich.

Opal nickte wieder energisch und plauderte dann über das Wetter und die besten Orte, um die Blätter zu sehen. Nachdem wir beide unseren Kaffee bekommen hatten und ich einen meiner Lieblingsscones mit Blaubeeren geholt hatte, ging Opal mit mir über den Stadtplatz.

Als wir den Laden betraten, schaute ich mich schnell um. Im vorderen Teil des Ladens schien nichts ungewöhnlich zu sein, aber als ich nach hinten ging, fand ich ein Chaos vor. Jemand hatte die Lagerregale durchwühlt, in denen wir Tränke, Geschenkartikel und mehr aufbewahrten. Flaschen waren auf dem Boden zerbrochen, und überall herrschte Unordnung. Opal kam durch den Perlenvorhang, ihr Mund öffnete sich kurz. »O-M-G«, sagte sie.

Ja, manchmal sprach Opal in Akronymen. Seltsam, ich weiß. Akronyme beiseite, Charm Cove hatte einen Einbrecher auf freiem Fuß.

Copyright © 2018 Lucy May; Alle Rechte vorbehalten.

1-Klick : Hex Me Not

Wenn du Updates über meine neuen Veröffentlichungen und andere Neuigkeiten erhalten möchtest, melde dich für meinen Newsletter an: subscribepage.io/sTrNBG

MEINE BÜCHER

Vielen Dank, dass du diese Geschichte gelesen hast! Ich hoffe, du hast die Magie genossen. Wenn ja, hier sind einige Möglichkeiten, wie du anderen Lesern helfen kannst, meine Bücher zu finden.

1) Schreib eine Rezension!

2) Melde dich für meinen Newsletter an, um Informationen über neue Veröffentlichungen zu erhalten: subscribepage.io/sTrNBG

3) Like meine Facebook-Seite unter https://www.facebook.com/lucymayauthor/

Wicked Good Mystery Reihe

Destiny's A Witch

Hex Me Not

Spells & Silver Bells

The Great Maple Caper

Oopsy Daisy

Siren Song Gone Wrong

Pumpkin Patch Murder

This Good Witch Mystery Reihe
Wish Upon A Witch
A Stormy Spell
A Stitch of Magic
Bee Charmed
Lemon Tea Cozy Mysteries
Witch You Wouldn't Believe
A Spell to Tell
Witch is When it Gets Crazy

ÜBER DEN AUTOR

Lucy May liebt Kaffee, Hunde, Kochen und Schreiben. Sie ist eine fehlplatzierte Südstaatlerin, die in Maine lebt. Sie hat gelernt, alle vier Jahreszeiten zu lieben, sehnt sich aber immer noch nach den verschlafenen südlichen Sommern. Sie glaubt gerne, dass sie in einem anderen Leben vielleicht eine Hexe war, und glaubt noch immer an Magie. Ihre Zeit verbringt sie damit, freche, hexenhafte und sexy paranormale Geschichten zu spinnen.